f
H
M
futami
HORROR
×
MYSTERY

怪を語れば怪来たる

——怪談師夜見の怪談蒐集録

緑川聖司

Midorikawa Seiji

イラスト　アオジマイコ
デザイン　坂野公一（welle design）

contents

第一話　壁の音

ドンッ！　ドンドンッ！　ドンドンドンッ！


突然部屋に鳴り響いた激しい音と振動に、西野明里《にしのあかり》はベッドの上で飛び起きた。

顔をしかめながら、枕元のスマホに手をのばす。

時刻は午前一時二十七分。

普通に考えて、人が訪ねてくる時間ではない。

第一、明里はこのアパートに、今日の午後引っ越してきたばかりで、まだ家族以外のだれにも住所を教えていないのだ。

(だれかが部屋を間違えてるのかな……)

明里はベッドの上から玄関のドアを睨《にら》むように見つめた。

最近は小さなマンションでもオートロックのところが増えているが、明里が住んでいるアパートは、外装はきれいだけれど、二階建て外廊下式という昔ながらの造りになっていて、だれでも自由に玄関前まで来ることができる。

(まあ、放っておけば、そのうち気づくでしょ)

明里が大きな欠伸《あくび》をしながら寝直そうとした時、

ドンッ!


「きゃっ!」

耳元でまた大きな音がして、明里は思わず悲鳴をあげた。

夢うつつにノックの音だと思い込んでいたが、いまのは明らかに玄関ではなく、すぐ近く——ベッドの横の壁あたりから聞こえてきた。

(もしかして、隣の部屋の人……?)

明里が住んでいるのは、二階に五部屋あるうちの、一番端の部屋だ。

間取りは縦長の1DK。いま明里が寝ている部屋は八畳ほどの広さがあって、窓が二面についている。

十月も半ばを過ぎて、急に寒くなってきたので、窓の近くを避けて、隣室との境の壁に接するようにベッドを置いたのだが……。

ドンドンッ！　ドンッ！　ドンドンドンッ！

壁の音は強弱をつけながら、しつこく繰り返されている。

（もー、なんなのよ！）

明里は頭を掻《か》きむしった。

たしかに昼間は引っ越し作業で、多少うるさかったかもしれないけど、何もこんな真夜中に壁を叩《たた》いてくることはないじゃない――。

引っ越しの疲れから熟睡していたところを、文字通り叩き起こされた明里は、考えるよりも先に手が動いていた。

ドンッ！

握り拳で、壁を思いきり叩き返したのだ。

手がジーンと痺《しび》れて、同時に音がぴたりとやんだことで、明里は逆に目が覚めた。

（やばい！　引っ越し初日にお隣さんとご近所トラブルなんて、最悪じゃん！）

何が気に入らなかったのか知らないけど、いきなり壁を殴りつけてくるぐらいだから、厄介な人には違いないだろう。

とりあえず、明日、仕事から帰ったらお詫《わ》びにいこう――大きく息を吐き出して、ベッドに横になった明里は、あることを思い出して、背筋がスッと冷たくなった。

入居する時、不動産屋が隣は空き部屋だと言っていたのだ。

だけど、音はたしかに隣の部屋から聞こえてくる。

明里が布団を引き上げて、息を殺していると、さっきよりも低い音で、壁がまた、ゴンッと鳴った。

明里がビクッと体を震わせる。

隣人が壁を叩いているなら、ただのご近所トラブルだが、それが空き部屋から聞こえてくるとしたら――。

音はしばらく不規則なリズムで続いた後、唐突にやんだが、明里は布団を首元に引き寄せた姿勢のまま、金縛りにあったように動けなかった――。

「――え？　もしかして、これってそっち系の怖い話？」

美佳《みか》の問いに、明里は首をかたむけて、

「そっち系がどっち系か分からないけど、とりあえず、怖い話なのは間違いないと思う」

そう言うと、ジョッキに残っていた生ビールを一気に飲み干した。

引っ越しから一週間が経過したが、壁の音は毎晩同じ時刻に続いていた。

部屋に帰りたくない明里が、仕事終わりに駅前の繁華街をうろうろしていると、
同じく仕事帰りらしい同年代の女性に声をかけられた。

「あれ？　明里じゃない？」

「え？　えっと……」

明里が戸惑っていると、

「美佳よ。ほら、高校で一緒だったでしょ」

その女性は顔を近づけて、明里の目をのぞきこんだ。

明里はしばらくその顔を見つめていたが、はっと目を見開いて、笑顔になった。

「――美佳？　ほんとだ、久し振り。元気だった？」

「まあね。卒業してからだから……八年？　九年振りかな？　明里の方こそ、元気なの？」

「わたしは……」

挨拶代わりの質問に、無難に返すことができず、明里は口ごもった。

ここ数年の間に、自分の身に起こった様々な出来事が、一気に頭を駆け巡ったのだ。

明里のそんな様子に、美佳は何かを察したのか、

「ちょうど、ご飯を食べにいこうと思ってたの。せっかくだから、再会を祝して飲みにいかない？」

腕を取るように誘ってきて、居酒屋のカウンター席で肩を並べることになったのだった。

とりあえず注文した生ビールで乾杯すると、明里は背負っていた荷物をぶちまけるような勢いで、自分の近況を語り出した。

大学を卒業後、小さな会計事務所に事務員として就職した明里は、顧問契約を結んでいた文具メーカーで経理を担当していた夫と知り合って、二十四歳の時に結婚した。

ところが、結婚した途端、夫はガラリと態度を変えた。

少しでも気に入らないことがあると大声で怒鳴り、机や壁を殴る。明里が女友達とメッセージをやり取りしているだけで浮気を疑い、スマホを取り上げようとする。将来のためにとつくった貯蓄用の口座に約束の金額を入れず、自分ですべて使ってしまう……。

結婚二年目には、夫の浮気が発覚した。

相手は同じ会社の新入社員だった。

その時は、二度と浮気はしないという夫の言葉を信じて関係を再構築したが、一見さわやかなイケメンで、口も上手い夫は女性にもてるらしく、それからも相手をかえて浮気は続いた。

そして、結婚して三年目、浮気相手が「妊娠したから別れてほしい」と明里の職場に押しかけてきたことがきっかけで、明里の短い結婚生活は終わりを告げた。

その後、職場に居辛《いづら》くなって退職した明里は、実家に戻って短期の派遣を繰り返していたが、実家に同居していた兄夫婦に子どもが生まれたこともあり、安定した職を探していた。さいわい、すぐに市役所の非常勤職員として再就職が決まり、職場から数駅のところに格安アパートを見つけて、さあ心機一転、初めての一人暮らしだと意気込んでいたところに壁から音が――。

店に入って二十分ほどの間に、明里がこれだけの事情をかいつまんで話すと、

「大変だったんだね……」

美佳はつくねの串に手をのばしながら、同情を示すように何度も頷《うなず》いた。

「まあ、見る目がなかったんだよ」

明里は自嘲気味に笑って「美佳は？」と聞いた。

「わたしの方は、なんにもないよ。小さな工場で、現場事務してる」

美佳は少し寂しそうに微笑むと、話を戻した。

「それより、その空き部屋から聞こえてくる壁の音って、結局生きてる人間の仕業だったの？　それとも……」

「それが、はっきりしないんだよね」

明里は生ビールのお代わりを注文すると、話の続きを再開した。

新生活から四日目の夕方。

明里は仕事が終わると、職場の近くにある不動産屋に立ち寄った。

アパートを紹介してくれた瀬川《せがわ》という男性がいたので事情を話すと、

「うーん……そんなはずはないんですけどね……」

瀬川はファイルをめくりながら渋面をつくった。

「でも、もう三日連続で続いてるんですよ」

明里はカウンター越しに身を乗り出して訴えた。

「でも、お隣の部屋は、西野さんが入居される一か月以上前から空き部屋なんですよ」

「だったら、誰かが勝手に入り込んでるんじゃないんですか」

空き部屋に侵入した人間が、どうして毎晩、同じ時刻に壁を叩くのかは分からないが、幽霊が隣にいると考えるよりは、まだその方がましだった。

明里の言葉に、不法侵入の可能性を考えたのか、瀬川はようやく腰をあげると、不動産屋の車でアパートに向かうことになった。

外はすっかり暗くなっている。

十分ほどで到着して、アパートの隣にあるコインパーキングに車を停《と》めると、二人は階段をのぼった。

二階の廊下の突き当たりにあるのが明里の部屋だ。

瀬川はそのひとつ手前で足を止めると、ドアノブを摑《つか》んで何度か回した。

ガチャガチャと音がして、鍵がかかっていることが分かる。

「前の方が退去されてから、鍵は取り換えてあるので、誰かが入り込むとは思えないんですけどね……」

瀬川はぶつぶつ言いながら、ポケットから鍵を取り出してドアを開けた。真っ暗な部屋から、かすかに清掃後の消毒薬のにおいが流れ出てくる。

瀬川が懐中電灯を点《つ》けると、家具はおろか、カーテンも電灯もない空っぽの室内が照らし出された。

「ね？　誰もいないでしょ？」

瀬川の言葉に曖昧に頷きながら、明里は部屋の中を観察した。

床には埃《ほこり》が厚く積もっていて、誰かが足を踏み入れたような形跡はない。

明里は瀬川から懐中電灯を借りると、自分の部屋との境の壁に光を向けた。

壁の音はベッドと同じくらいの高さから聞こえていたが、そのあたりの壁に目を凝らしてみても、傷やへこみがついている様子はなかった。

「もういいですか？」

部屋を出て鍵をかける瀬川の背中に、

「じゃあ、あの音はなんなんですか？」

背筋がざわざわとするのを感じながら、明里は詰め寄った。

「気のせいじゃないですか?」

「そんな……」

もう三日も続いているのだ。あれは絶対に気のせいなんかではない。

「この部屋って、事故物件とかじゃないですよね」

明里はいま閉じられたばかりのドアを指さしながら聞いた。

事故物件とは、前の居住者が室内で亡くなるなどして、住むことに心理的抵抗がある物件のことで、不動産屋には契約前にその事実を告知する義務がある。

明里も、自分の部屋が事故物件でないことは確認していたが、隣の部屋のことまでは考えていなかった。

「本当は、契約されていない部屋のことまでお伝えする義務はないのですが……」

瀬川は小さくため息をつくと、そう前置きをしてから口を開いた。

「こちらの部屋も、そのようなことはありません。前の居住者は若い男性でしたが、一ヶ月ほど前に転勤が決まったということで退去されました」

そこまで言われてしまえば、これ以上は突っ込めない。

「それじゃあ、ぼくはこれで……」

立ち去ろうとする瀬川に、明里は違う角度から質問してみた。

「あの……ほかの部屋の物音が、隣の部屋からの音みたいに聞こえることってあるんでしょうか。例えば、下の部屋とか斜め下とか……」

「そういうケースも稀《まれ》にありますが、西野さんの場合は、そういったことはないと思いますよ」

瀬川は足を踏み出しながら、にこやかに答えた。

「西野さんの部屋は、下も斜め下も空き部屋ですから」

「それじゃあ、明里の部屋のまわりは、全部空き部屋だったの？」

目を丸くする美佳に、明里は力なく頷いた。

「うん、そうみたい」

「そのアパートって、家賃いくら？」

「えっと、共益費込みで……」

明里が家賃を口にすると、美佳は「安っ！」と大きな声をあげた。

「それって、たぶん相場の三割くらいは安いよ」

「え？　そうなの？」

いままで一人暮らしの経験がない明里には、家賃の相場がよく分からなかった。

ただ、経済DVを受けていた上に、とにかく早く縁を切りたくて慰謝料も財産分与もろくに受けずに離婚したため、ほとんど貯金のなかった明里が、できるだけ安いところを探してもらった結果、いまのアパートを紹介されたのだ。

「それで、いまはどうなの？」

「まだ続いてるよ」

明里はジョッキを手に肩をすくめた。

「不動産屋さんはああ言ってたけど、もしかしたら、誰かがピッキングとかで鍵をあけて、毎晩忍び込んでるのかも……」

近所の交番にも相談して、一応パトロールは強化してもらっているが、それでもこの一週間、壁の音は続いていた。

実家には帰りたくないし、再度引っ越すお金もない。

まさに袋小路だった。

「明里はどっちの方がいいの？」

「なにが？」

「壁の音の正体。お化けか泥棒か」

「どっちも嫌だけど……どうして？」

「うん、ちょっと変なこと思いついちゃって……。明里は『意味怖』って聞いたことある？」

美佳はスマホを操作しながら聞いた。

「え？　なに？」

「『意味が分かると怖い話』の略でね、最近、流行《はや》ってるんだけど……」

美佳が明里に向けたスマホの画面には、黒い背景に白い文字が並んでいた。


『ホテルの怪』

これは、わたしが彼氏と二人で旅行にいった時の話です。

深夜。わたしたちが宿泊先のホテルで寝ていると、突然ドンドンドンドンドンと激しくドアを叩く音が聞こえてきました。

目を覚ますと、なんだか部屋中に焦げ臭いようなにおいがして、白い煙が視界をふさいでいます。

「火事だ！」

彼氏が飛び起きて、ドアを開けようとしましたが、どういうわけか、鍵もドアガードもかかっていないのにドアが開きません。

ドンドンとドアを叩く音は続いているので、外に誰かいると思ったわたしが、ドアに向

かって、

「助けて！」

と叫んでいると、向こう側からドアが開いて、ホテルのスタッフが飛び込んできました。

「どうしました？」

スタッフは不思議そうにキョロキョロしています。それもそのはずです。ドアが開いた瞬間、煙は消え、焦げ臭いにおいもなくなっていたのですから。

わたしたちが事情を話すと、スタッフは「ほかのお客様には内密にお願いします」と前置きをして、こんな話を教えてくれました。

実は、このホテルでは数年前に火事があって、この部屋に泊っていたお客さんが逃げ遅れて亡くなっていたのだそうです。

そのお客さんは、火事に気付いて部屋の外に逃げようとしたのですが、自分で鍵をかけておきながら、パニックになってそのことを忘れてしまい、閉じ込められたと思い込んで、煙に巻かれて亡くなってしまったのです。

それを聞いて、わたしは本当にゾッとしました。

「――え？　これで終わり？」

明里はスマホの画面をスクロールさせたが、話は唐突に終わっていた。

「これって、どういうこと?」

意味ありげな最後の一行を指さす。

「気付かない?」

美佳はスマホを受け取ると、フフッと笑った。

「ホテルで亡くなった人は、部屋から出られずに、逃げ遅れて亡くなったの。つまり、ドアは外からではなく、部屋の内側から叩かれていたのよ」

美佳の言葉を、頭の中で映像に変換した明里は、あらためて背筋がぞわっとなった。

話の語り手が「助けて!」と叫んでいた時、幽霊はドアの向こう側ではなく、こちら側――語り手のすぐそばにいたのだ。

「それってつまり、……」

明里は美佳の顔を見た。

美佳は頷いて、

「だから、明里の部屋の音も、ひょっとしたら……」

「ちょっと、やめてよ」

明里は本気で顔をしかめた。

「だって、あの部屋は事故物件じゃないって……」

「不動産屋なんて、どこまで信用できるか分かんないわよ」

美佳はのんきな口調で言った。

「明里って、昔から霊感とかあったっけ？」

「まさか」

明里は首をぶんぶんと振った。

「大学の時も、何度か肝試しに誘われたけど、全部断ってたくらい怖がりだったんだから」

「でも、怖がりかどうかと、霊感があるかどうかは関係ないんじゃない？」

美佳は唇の端をわずかに上げると、明里の顔をのぞきこんだ。

「もしかしたら、いままで気づかなかっただけで、実は霊感があったのかもよ」

たしかに、いままで霊感を試すようなことはしてこなかったけど……。

本格的に考え込む明里を見て、美佳はふたたびスマホを操作すると、

「ねえ、この人に相談してみたら？」

ホームページを表示した画面を、スッと明里の前に差し出した。

〈怪談師　夜見《よみ》の怪談部屋〉

「怪談師？　なにそれ？」

「知らない？　最近、流行ってるんだよ」

そういえば、深夜のテレビ番組で、アイドルやタレントが怖い話を披露しているのを見たことがある。

もしかしたら、それを本職にしている人がいるのだろうか。

ホームページには、怪談イベントへの出演情報や、実際に怪談を語っている動画が載っていた。

「ほら、ここ見て」

美佳が画面をスクロールさせると、そこには〈怖い体験や不思議な体験をしたことがある方は、ぜひご連絡ください〉と書いてあった。

「でも、怪談を話すからって、別に霊感があるわけじゃないんでしょ？」

いま明里が求めているのは、怪談を話して怖がらせる人ではなく、幽霊を祓《はら》ってくれる人か、そうでなければ引っ越し代を貸してくれる人なのだ。

「でも、この人は霊感もあるみたいなの」

美佳は画面を操作して、別のページを表示した。

それはオカルト関係の口コミ情報が集まるサイトのようで、一部の人たちの間では、この夜見という怪談師は、霊関係の悩みを解決してくれることで有名らしい。

しかも、コメントに出てくる地名からみると、どうやらこのあたりで活動しているようだ。

「それに、ほら」

美佳はさっきのホームページに戻ると、音量を絞って動画を再生した。

着物姿の男性が、ろうそくを前にして、低い声で怪談を語っている。

艶やかな黒い前髪の間から、こちらを刺すような眼差しがのぞいていた。

「どう？　けっこういい男でしょ？」

美佳はニヤニヤしながら、明里に肩をぶつけてきた。

たしかに動画を見る限り、イケメンと言えないこともない。だけど、映像なんていくらでも盛れるし、なにより別れた夫のこともあって、顔のいい男はもうこりごりだった。

「うーん……とりあえず、自分でなんとかしてみる」

明里はそう言って、ビールをあおった。

その日の夜。

アパートに帰った明里は、小皿に塩を盛って部屋の四隅に置いた。

さらに、途中のコンビニで買ってきた日本酒のワンカップをローテーブルの上で開ける。

ネットの情報によると、これで結界が完成して、霊は入ってこられなくなるらしい。

明里は祈るような思いでベッドにもぐりこむと、久しぶりに飲んだお酒の力もあって、すぐに眠りについたのだが――


ドンドンドンッ！


午前一時二十七分。

結局、いつもと同じ時刻に目が覚めてしまった。

ベッドの上の、できるだけ壁から離れた場所で身を縮めて、掛け布団を抱き寄せる。

本当ならベッドから逃げ出したかったけど、音を立てている何者かが追いかけてきそうで、それもできなかった。

「もう……なんであんな話するのよ……」

涙目になって震えながら、明里は呟《つぶや》いた。

美佳から見せられた話のせいで、壁の向こう側ではなく、自分の部屋に何かがいるように思えてくる。

（いやいや、まさかまさか……）

明里は恐怖を振り払うように、大きく首を振った。

だいたい、音だけ聞こえて姿は見えないなんて、都合のいい（悪い？）霊感が、自分にそなわっているとは思えない。

これはきっと家鳴《やな》りだ。家鳴りのでかいやつだ。

明里は頭から布団をかぶって、自分に言い聞かせた。

やがて、音がやむと明里は布団からそっと顔を出して、白い壁を見つめた。

なにもいないことをたしかめて、ふーっと息を吐き出す。気持ちを緩めた瞬間、背後に気配を感じて、一気に総毛立った。

おそるおそる振り返ると、すぐ目の前に髪の長い女性の顔があった。

女性は虚《うつ》ろな目で明里を見つめると、首をのばすようにして、その顔をグーッと近づけてきた。

「わっ！」

反射的に飛びのいた明里は、背後の壁に思いきり後頭部をぶつけると、そのままブレーカーが落ちるように、プツッと意識を失ってしまった――。

週末の駅前は、休日を楽しむ多くの人々が行きかっていた。

ＪＲの駅を出た明里は交差点を渡ると、その明るい光に背を向けるようにして、地下街へと続く階段を降りた。

複雑に入り組んだ通路を歩き、途中、二度ほど道に迷って、案内図を見ながらようやくたどりついたのは、地下街の最奥に位置する喫茶店だった。

〈猿の手〉と書かれた看板を見ながら、黒光りのする重々しい扉を開けると、薄暗い店内からジャズが聞こえてくる。

入り口の正面にはカウンター席が、奥にはテーブル席が配置されていて、カップルやスーツ姿の男性客で八割ほどが埋まっていた。

メールで指示された通り、店の一番奥に向かった明里は、ドキッとして足を止めた。

黒いジャケットに黒いシャツ、黒いズボンと、まるで夜を切り取ったように黒づくめの男が、トマトジュースを美味しそうに飲んでいる。

「あ、あの……」

明里が声をかけると、男はスッと立ち上がって、その長身を少しかがめるようにしながら、さわやかに微笑んだ。

「西野明里さんですか？」

「あ、はい……」

「はじめまして。怪談師の夜見と申します。本日はお忙しいところを、わざわざご足労いただいて、ありがとうございます」

「いえ……」

席をすすめられて、明里は向かいに腰をおろした。

飲み物の注文をすませると、夜見は前髪のすき間から、鳶色《とびいろ》の瞳でまっすぐに明里を見つめた。

切れ長の目に薄い唇、服装とは対照的な白い肌は、イケメンに拒否反応を起こしていたはずの明里でさえ、ドキドキしてしまうほどだった。

「お近くの方でよかったです。遠くまで話を聞きにいくことも多いので……」

夜見は眉を上げて、おどけたように笑った。

――今朝、カーテン越しの朝陽《あさひ》に目を覚ました明里は、部屋に女がいないことをたしかめると、ホッと息をついて、すぐに「痛っ！」と顔を歪《ゆが》めた。

後頭部に大きなたんこぶができている。

ということは、昨夜の出来事も夢ではなかった……？

正面からのぞきこんでくる女の虚ろな目が思い出されて、悪寒がざわざわと肌を這《は》いあがる。

すぐにスマホを手に取って、昨日念のために聞いておいた〈夜見〉のホームページから連絡をとると、可能なら直接詳しい話をうかがいたいという返事が来たので、家から数駅の場所にあるこの地下街の喫茶店で待ち合わせることになったのだった。

「あの……怪談師って、どういうお仕事なんですか？」

ここに来るまでの間に調べてみたけど、怪談を語るということ以外、明里はいまだにピンと来ていなかった。

「そうですね……まあ、怖い話を専門にした、落語家とか講談師のようなものと思っていただければ……」

「はあ……」

「それでは、さっそくあなたの体験を聞かせていただけますか？　なんでも、引っ越し先で毎晩謎の音がするとか……」

夜見は手帳を開いてペンを構えた。

明里は小さく深呼吸をしてから、二十分ほどかけて、いままでの経緯を説明した。

話を聞き終えてからも、夜見はしばらく真剣な顔で手帳を見つめていたが、やがて顔をあげると、まっすぐに明里を見つめて聞いた。

「西野さんが引っ越してくる前に、その部屋に住んでいたのは、どんな人だったか分かりますか？」

「あ、はい……さっき、不動産屋にいって、詳しく聞いてきました」

「おかしいですね。いままで、あの部屋でそんな話は聞いたことがないですけど……」

女の幽霊が出たと言うと、瀬川は戸惑った様子で首をひねった。

ここだけの話ですが、と前置きをして瀬川が語ったところによれば、明里の部屋の以前の住人は二十代半ばの女性で、飲食店でアルバイトをしていたが、一ヶ月半ほど前に解約して出ていったらしい。

「その人、自殺とかしてないでしょうね」

明里がさらに詰め寄ると、

「してませんよ」

瀬川は大きな身振りで手と首を同時に振った。

「地元で就職が決まったとかで、円満に退去されていきました。第一、部屋で人が亡くなっていれば、心理的瑕疵《かし》物件ということで、告知しないわけにはいきませんから」

明里はじっと瀬川の目を見つめた。話を聞く限り、瀬川の言葉に嘘《うそ》はないようだ。

瀬川によると、その女性が入居したのはいまから一年半ほど前で、少し癖のある茶色の髪をした、真面目そうな雰囲気の人だったそうだ。

「西野さんが目撃したのは、その女性だったんですか？」

夜見に聞かれて、明里は首を傾《かし》げた。

「それが、よく分からないんです」

明里も相手を観察する余裕はなかったので、若い女性だったということ以外、特徴は覚えていなかった。

「なるほど……」

夜見は手帳に何か書き込むと、眉間にしわを寄せて黙り込んだ。

どうやって解決するか、その方法を考えているのだろうか。

思索に耽《ふけ》るその姿に、明里は思わず見とれてしまった。

かっこいいというよりも、むしろ美しいと表現できそうなその顔立ちと、耳に心地よい低めの声は、怪談を語ろうが何を語ろうが、人々を惹《ひ》き付けるだろう。

とにかく、もうこれ以上一晩でもあの部屋で過ごしたくない。早くなんとかしてもらわないと――そう思っていると、夜見はパタンと手帳を閉じて、にっこりと笑った。

「たしかに怖い話ですね。なぜ、毎晩同じ時間に壁が鳴るのか。その女性はいったい何者なのか。――いや、大変興味深い話でした」

興味深い話……でした？

夜見の言葉使いに、明里は違和感をおぼえた。

「え、あの、それはどういう……」

「本日はどうもありがとうございました。またご連絡をさしあげることがあるかもしれませんが――」

手帳をポケットにしまって、腰を上げようとする夜見を、

「ちょ、ちょっと待ってください！」

明里は慌てて呼び止めた。

「これで終わりですか？」

「ああ、すみません」

夜見はさわやかな微笑みを浮かべて言った。

「謝礼などは特にお渡ししてないんですよ。あ、もちろん、ここのお勘定はもたせてもらいますけど……」

「いや、そうじゃなくて……」

なんだか話が噛《か》み合わないな、と思いながら、明里は聞いた。

「助けてくれるんじゃないんですか？」

「え？」

夜見のやわらかな表情に、一瞬、亀裂が入る。

「どういうことですか？」

「だから、わたしは幽霊をなんとかしてくれるっていう話を聞いて……」

明里が切実な声でそう言うと、夜見はまるで本番中の役者が舞台からおりたように、表

情をガラッと変えて、チッと舌打ちをした。

「なんだ、そっちの客かよ」

さっきまでの紳士的な態度が一転して、やさぐれた雰囲気になる。元が美形なだけに、強面になるとかなりの迫力だ。

明里がその変わり様に、言葉を失っていると、

「それはデマだな」

夜見はそう言うと、背もたれに体をあずけた。

「デマ？」

「ああ。一時期、おれがお祓いできるってデマが広がって、そっちの客が殺到した時期があったんだ。今回は、幽霊の話を聞いてほしいってメールだったから、てっきり怪談のネタ提供だと思って油断したよ」

「それじゃあ、お祓いは……」

「おれは怪談師であって、霊能者じゃない。幽霊を祓う力なんて、あるわけないだろ」

冷たく言い切るその姿に、明里はスーッと血の気が下がるのを感じた。

「そんな……」

あの女の顔を思い出して、涙がこみあげてくる。

音だけではなく、昨夜はついに幽霊が直接姿を現したのだ。

このまま夜を迎えたら、今度はとり殺されてしまうかもしれない。

わらにもすがる思いで連絡をとったのに、怪談のネタを聞くだけ聞いて、相談にものってくれないなんて……。

「……ひどい」

無意識のうちに、明里の口から言葉が、目からは涙が零《こぼ》れ落ちた。

夜見がぎょっとした顔で明里を見る。

明里は唇を震わせながら、恨み言を口にした。

「ネタ提供って……利用するだけ利用して、あとは知らん顔なんて、ひどいじゃないですか」

「お、おい……」

夜見がわずかに腰を浮かせる。

しかし、明里は止まらなかった。ここ一週間のストレスと睡眠不足が一気に爆発したのか、勢いよく立ち上がると、夜見を見下ろしてまくしたてた。

「今夜もあの部屋で寝ろって言うんですか？　もう一週間も、ひとりで寝てるんですよ。それなのに、そんな冷たいこと言うなんて……」

「ちょっと落ち着けって。利用するとか、ひとりで寝ろとか、人聞きの悪い……」

夜見は慌てて明里を座らせようとした。いつの間にか、店内の視線が二人に集まってい

る。カウンターの中から、店のマスターが非難するような目で夜見を睨んでいたが、明里は気付くことなく、

「だって、本当じゃないですか」

夜見の言葉を遮って、声を荒らげた。

「このままじゃ、わたし、あの女に殺されるかも……」

物騒な台詞に、店内がざわつく。

「わかった。わかったから、静かにしてくれ」

夜見は明里の両肩を摑《つか》むと、顔をぐっと近づけた。

「とりあえず、いまから部屋を見にいってやるから、案内しろ」


地下街を出て、JRの駅へと向かう。

やってきた電車に乗り込むと、夜見は大きく息を吐きだして、明里に非難の目を向けた。

「ずるくないか?」

「……すみません」

明里は肩をすぼめて、小さくなっている。

さっきは興奮していて気付かなかったけど、冷静になって思い返すと、「利用するだけ

利用して」とか「今夜もあの部屋で、ひとりで寝ろって言うんですか?」とか、これではまるで、明里が夜見にもてあそばれたみたいだ。

そして極めつけは、

「このままじゃ、わたし、あの女に殺されるかも」

このやりとりから想像されるのは、一人の男を間にはさんだ修羅場だった。

「さっきも言ったけど、おれには別に、幽霊を祓ったり成仏させる力はないからな」

窓の外に顔を向けながら、夜見は少しふてくされたような口調でいった。

「でも、ネットでは……」

「断り切れなくて、何度か相談に乗ったことがあるだけだ」

夜見によると、過去に、怪談の取材を現地でしている時、実際に霊が現れたことがあったのだそうだ。

「その霊を説得して成仏させたら、その噂《うわさ》がひろまったんだ」

とはいえ、もともとお祓いができるわけではなく、人よりも少し霊の姿が見えやすく、霊の声が聞こえやすいだけなので、断り続けているうちに、いつの間にかそういう依頼も来なくなった。

「だから、今回も油断していたんだ。だいたい、ネットで見つけたって、何年前の情報なんだよ。これだからネットってやつは……」

ぶつぶつと文句を言い続けている夜見に、明里は声をかけた。

「幽霊が見えたり、声を聞いたりするんだったら、やっぱり霊能者じゃないんですか？」

「それはあんたもだろ？」

夜見は明里を見て言った。

「え？」

「部屋で女の幽霊を見たんだろ？　だったら、幽霊が見えるってことじゃないのか」

「それは……」

明里は言葉に詰まった。

たしかにそれはそうかもしれないが、いまのアパートに引っ越してくるまでは、幽霊を見たことなど一度もなかったのだ。明里がそう主張すると、夜見は軽い口調で言った。

「じゃあ、今回は波長が合ったんだろ」

「波長？」

「ああ。いままで霊なんか見たことなかったのに、家族や友達の幽霊を目撃したって話はよく聞くだろ？　あれは、見る側とその霊の波長が合うからなんだ」

「はあ……」

曖昧に頷く明里を見て、理解が不十分だと見てとったのか、夜見は慣れた口調で話し始めた。

「幽霊を見るか見ないかっていうのは、波長や電波に例えると分かりやすいんだ。例えば、心霊スポットなんかに出るような、誰にでも目撃される霊は、電波が強いから、弱い受信機しか持ってない人でも波長が合いやすい。反対に、霊能者と呼ばれる人たちは性能のいい受信機を持っているから、ほかの人には見えない幽霊――つまり、弱い電波でも拾うことができる」

「でも、わたしは霊能者でも家族でもありませんよ」

「だから、波長が合ったんだよ」

夜見は肩をすくめた。

「電波と受信機、両方が弱くても、波長が合えば見えることはある。あんた、その女の霊と、よっぽど気が合ったんじゃないか」

「そんな……」

見ず知らずの女の幽霊と波長が合うと言われても、全然うれしくない。

しかし、明里が反論を思いつく前に、電車は最寄り駅についた。

明里が先に立って、アパートまで案内する。

「駅から徒歩何分だ？」

十分ほど歩いたところで、夜見が聞いた。

「不動産屋さんの広告では十二分、わたしの足で十四分です」

「間取りは？」

「1DKです」

「家賃は？」

矢継ぎ早の質問に、明里が正直に答えると、夜見は嫌そうな顔をして「安いな」と言った。

「いくらオンボロアパートだからって、それは安すぎるんじゃないか？」

「だって、お金がないんだから、しょうがないじゃないですか。それに、オンボロアパートじゃありません。まだ築七年です」

「だったらなおさら不自然だ」

「でも、事故物件じゃないって、不動産屋さんは……」

「じゃあ、あんたが連れて来たんじゃないか？」

思いがけない台詞に、明里は思わず足を止めた。

「え？」

「その部屋についてる幽霊じゃなければ、人についてきたのかもしれない」

明里は一拍置いてから、ぶんぶんと首を振った。

「そんなわけありません。だって、全然知らない人なんですよ」

「関係ないな」

夜見は無情にも、あっさりと切り捨てた。

「問題は、向こうがあんたを知ってるかどうかだ。もしかしたら、あんたの仕事のポジションを狙ってる後輩かもしれないし、彼氏をとられて恨んでる女かもしれない」

「どっちもありえません」

明里はぴしゃりと言った。

「仕事は市役所の非常勤職員で、ランクもキャリアも一番下っ端ですし、誰かの彼氏を略奪した覚えもありません」

「だったら、やっぱり波長が合ったんだろ」

その言葉に、明里は気持ちが重くなった。

アパートに到着すると、ほかの部屋の住人は出かけているのか、それとも元々空き室なのか、人の気配はほとんどしなかった。

先に立って外階段をのぼり、部屋の前で立ち止まる。

「そこか」

夜見の声に、明里は小さく頷いて、鍵を開けた。

ドアを開けて一歩さがると、夜見は明里と入れ替わるように玄関に足を踏み入れて、カーテンを閉めたままの薄暗い室内をじっと見つめた。

「なにか見えますか？」

明里の問いに「いや」と短く答えて靴を脱ぐと、ダイニングキッチンを抜けて、奥の部屋に入ったところでまた足を止める。

「これは？」

夜見の視線は、部屋の隅に置かれた小皿に向けられていた。

小皿の上には、かつて塩だったものが、まるで泥水のように黒くぐずぐずになって溶けていた。

「塩です」

と明里が答えると、夜見は呆《あき》れた顔を見せた。

「よくこんなとこに住んでるな。よっぽど鈍感なんじゃないか」

「こんなとこって、どういうことですか？」

やっぱり事故物件なんだろうか——明里の心に、不安が増してくる。

夜見は、それには直接答えずに、入り口から見て部屋の左奥に置かれたベッドに歩み寄った。

「音が聞こえるのは？」

明里はベッドの頭から一メートルくらいのところを指さした。

「このあたりです」

明里が使っているベッドは、下部に大きな収納スペースがあって割と高さがある。

○4○

壁の音は、ベッドの床板とマットレスの間付近から聞こえていた。

夜見は難しい顔でベッドを見つめていたが、やがてベッドの足元に回り込むと、隣室との壁を背にして、明里を手招きした。

「ちょっと、こっちに来てくれないか」

「え?」

よく分からないまま、明里が向かいに立つと、夜見は突然両手で明里の肩を掴んで、上から押し込むようにして座らせた。

「ちょっと! なにするんですか!」

後ろに倒されそうになりながら、悲鳴をあげる。

話の流れで、なんとなく部屋にあげてしまったけど、よく考えたら初対面の男性と二人きりだということに、明里はようやく気が付いた。

冗談じゃないと思いながら、力いっぱい突き飛ばそうとした明里の両手は、むなしく空を切った。

ほんの一瞬、覆いかぶさるような体勢を取った夜見は、すぐに立ち上がって、ぶつぶつと呟きながら部屋の中を歩き回り始めたのだ。

「ちょっと窮屈だけど、ありえなくもないか……」

女性の襲い方を、身振りをまじえながら喋《しゃべ》り続ける夜見の姿に、さっきとは別の恐怖を感じた明里が、そろそろと後ずさっていると、夜見は急に足を止めて、明里の方を振り返った。

「時間は一時二十七分って言ってたな。壁の音は、何分ぐらい続くんだ？」

「えっと……二、三分は続くと思います」

襲いかかったことにはまったく触れずに質問してくる夜見に、明里が内心むかつきながら答えると、夜見はなぜか満足げに何度も頷いた。

「なるほどね……だから事故物件にならなかったわけか」

「どういうことですか？」

我慢できなくなって、明里は語気荒く聞いた。

「さっきから、いったい何を調べてるんですか？」

「だから、女の幽霊をなんとかしてほしいんだろ」

夜見はめんどくさそうに腕を組んで答えた。

その態度に、またカチンときた明里は詰問口調で言った。

「幽霊をなんとかするのと、わたしを押し倒して襲おうとするのと、なにか関係があるんですか？」

「実験だよ」

「実験？」

「ああ……」

夜見は顔を近づけて、その鳶色の瞳で明里を見つめると、ニヤリと笑って「襲おうとしたんじゃない」と言った。

「殺そうとしたんだ」

その日の夜。

駅前のカフェとコンビニで時間をつぶした明里が、日付が変わってからアパートに帰ると、黒いロングコートに身を包んだ夜見が、階段の前で足踏みをしながら待っていた。

「遅い」

「すみません」

じろりと睨む夜見に謝りながら、階段をのぼって部屋に入る。

今晩、幽霊が出る少し前に出直してくると夜見に言われたのだが、それまで部屋で待っているのが怖かったので、夜中にアパートの前で待ち合わせることにしたのだ。

明里が電気を点けると、二人はまず、入り口から見て左奥にあったベッドを対角線上に移動させた。

「あとは出るのを待つだけだな」

夜見はそういうと、部屋の入口に座り込んで、スマホを取り出した。

「なにか道具とかはないんですか？」

明里の問いに、訝《いぶか》しげに眉を寄せる。

「道具？」

「ほら、お札とかお守りとか……」

「言ってるだろ。おれは霊能力を使って除霊するわけじゃない。霊の話を聞いてやるだけだ」

「それで霊が成仏しなかったら、どうするんですか」

「どうもしないよ。不満なら、自分で説得してみるか？　通訳ぐらいは手伝ってやるぞ」

詰め寄る明里に、夜見は冷たくそう言うと、スマホを見ながら低い声で語り始めた。

「これは大学生のIさんが、彼氏に誘われて心霊スポットにいった時の話です――」

「ちょ、ちょっと待ってください。何してるんですか！」

明里は慌てて声をかけた。

「何って……次の怪談ライブのために練習をしているんだが……」

「やめてください！　いま、どういう状況か分かってるんですか？」

「壁の音が始まるまでは、まだ時間があるんだろ？　時間は有意義に使わないと」

交渉の結果、夜見にはできるだけ小声で練習してもらうことにして、明里はベッドに腰かけるとイヤホンをつけた。

スマホでお笑いの動画を見て、気をまぎらわせようとしたのだが、いつもの時刻が近づくにつれて、どんどん緊張が高まってくる。

「そろそろだな」

夜見にポンと肩を叩かれて、明里は立ち上がると、部屋の明かりを落とした。

お互いの顔がぼんやりと見える程度の薄暗がりの中で、息を殺して隣室との境の壁を見つめていると、

ドンッ！　ドンドンッ！


激しく壁が鳴って、明里は反射的に目を閉じた。

いったん閉じてしまうと、今度はなかなか開けることができない。

「壁を叩く音が、生きている人間によるものではないのなら、この部屋と隣室の、どちらの可能性もある」

手をギュッと握りしめて、深呼吸を繰り返す明里の耳に、夜見の声が聞こえる。普段の声よりも少し低い、耳に優しい話し方だ。

夜見の声は続く。

「決定的だったのは、昨夜見たという女の顔だ。幽霊がこの部屋にいるのなら、壁を叩いているのもこちら側ということになる。いままで姿が見えなかったのは、出現場所がベッドに重なっていたから——」

何度目かの深呼吸をしながら、明里はゆっくりとまぶたをあげた。

目を閉じていたおかげで、暗闇に目が慣れたのか、目の前の光景がはっきりと見える。

壁の前では、あの女の人が床にあおむけになって、自分の首を掻きむしりながら、足を暴れさせて激しく壁を蹴っていた。

目は零れ落ちそうなくらいに大きく飛び出して、口からは舌の先がチロチロとのぞいている。

ドンドンッ！　ドンドンッ！

女が蹴り飛ばしているのは、明里がベッドで横になった時、ちょうど頭が来る場所の少し下あたりだ。

そのことに気付いて、ゾッとした明里だったが、目を逸《そ》らすことなく、じょじょに抵抗の弱まっていく女の姿を凝視する。

やがて、女はぐったりしたかと思うと、最後に一度、大きく痙攣《けいれん》するような動きを見せて、静かになった。

明里が声を失っていると、女の身体がスーッと風船が浮かび上がるように起き上がって、明里に顔を向けた。

「……っ！」

反射的に飛び退こうとして、足をもつれさせた明里が、その場にしりもちをつく。

昨日のように気を失うことはなかったが、涙が零れそうなほどの恐怖に、明里の体はガタガタと震え出した。

すると、温かい手が、明里の背中にそっと触れた。

「大きく、ゆっくりと深呼吸をするんだ」

夜見の言葉にすがるように、明里はまず大きく息を吸い込むと、時間をかけてゆっくりと吐き出した。

それを何度か繰り返して、ようやく落ち着いた頃には、女の幽霊は部屋の暗闇に溶け込むように消えていた。

最後に大きく息を吐くと、明里はよろよろと立ち上がって、部屋の電気を点けた。

女の幽霊は、どこにもいない。

「これが、音の正体だったんですね」

女の顔を目撃しているのだから、明里と霊は波長が合っている。それなのに、音しか聞こえないということは、幽霊の本体はベッドに隠れているのではないか、というのが夜見の推理だった。

「やっぱり、首を絞められて、殺されていたんですね」

「ああ」

明里の言葉に、夜見は片方の眉をわずかにあげた。

一般的に、霊は死の直前の行動を繰り返すことが多いことと、壁の音がすぐには止まずに数分間続いたことから、夜見は霊の死因を、絶命するまで時間のかかる絞殺ではないかと推測していた。

昼間、明里を突然押し倒そうとしたのは、首を絞められた女が壁を蹴ることができるかどうか、位置関係を確かめたかったかららしい。

「前の住人が、家具をどう配置していたのかは分からないが、少なくともベッドは違う場所にあったんだろう。部屋の隅に追いつめられて、もみあっているうちに、その場で首を絞められたのなら、壁を蹴るような体勢になってもおかしくない」

「あの……でも……」

明里は泣きそうになりながら、わずかな望みにすがろうとした。

「不動産屋さんは、事故物件じゃないって……」

「それはそうだろうな」

夜見はあっさりと認めた。

「どういうことですか？」

「うん、だから……」

ばれてないんだよ――夜見は小さく息をつくと、怖いくらいの無表情でそう言った。


部屋の真ん中で呆然《ぼうぜん》と座り込む明里に背を向けて、夜見は誰かに電話をかけると、アパートの住所を伝えた。

しばらくして、ようやく落ち着いた明里がお茶を飲もうとお湯を沸かしていると、ノックの音がして、グレーの背広を着た体の大きな男の人が現れた。

夜見も背は高い方だが、さらにでかい。一九〇センチ近くあるのではないだろうか。そのうえ、体格ががっしりしていて、眉が太く、怒ったような顔をしているので、威圧感がすごかった。

「夜見、お前な……いま何時だと思ってるんだ」

部屋に入ってくるなり、男の人は不機嫌そうに髪をぐしゃぐしゃとかきむしった。

どうやら、怒ったような顔をしているのではなく、実際に怒っていたようだ。

「寝てたのか？」

「当たり前だ」

男の人は噛みつきそうな顔で答えたが、夜見は涼しい顔で言い返した。

「仕方ないだろ。一一〇番したところで、信じてもらえないんだから」

「まあな。この間みたいに、幽霊が後ろに立ってずっと睨んでるから、その男が犯人ですって言われてもな……」

そこまで話したところで、男の人はようやく明里に向き直った。

「失礼しました。あなたが、この部屋の……？」

「あ、はい。西野明里です」

明里がぺこりとお辞儀をすると、男の人は深々と頭をさげ返した。

「夜分に突然申し訳ありません。こいつが何か、失礼をしませんでしたか？」

「しました」

間髪を入れずに即答する明里に、夜見が「おい」と突っ込むが、男の人は無視して続けた。

「分かりました。あとで詳しく聞かせていただいて、犯罪にあたるような言動があれば逮捕しますので……」

「穏やかじゃないな」

「お前は黙ってろ。だいたい、こんな夜中に若い女性の部屋にあがりこんでいること自体がおかしいんだ」

「おれだって、好きでやってるわけじゃない。泣いて頼まれたから、仕方なく……」

「泣いて頼んでません。さっきはたしかに泣きそうになりましたけど……」

「ほらみろ。やっぱり泣かせるようなことをしてるじゃないか」

「泣かせたのはおれじゃない」

「ほかに誰がいるっていうんだ」

「さっきまでいたんだよ」

「あの！」

明里は少し大きな声をあげて、二人のやりとりを遮ると、男の人の顔を見上げた。

「……どちらさまですか？」

「ああ、申し遅れました」

男の人は背筋をピシッと伸ばして、内ポケットから警察手帳を取り出した。

「県警捜査一課の上村《かみむら》と申します」

「刑事さん？」

明里は目を丸くした。そういえば、さっき「通報する」ではなく「逮捕する」と言っていた。

「こいつとは、元々高校の同級生なんですけど……」

上村は親指で夜見をさすと、時折霊関係で事件に巻き込まれることがあるので、助けてやっているのだと言った。

たしかに、幽霊を見たからといって通報しても、信じてもらえないか、下手をすれば、どうしてそんなことを知っているんだと犯人扱いされることになるだろう。

「お前こそ、おれのおかげで、どれだけ手柄をたてられたと思ってるんだ」

夜見が言い返す。死者の声が聴ければ、事件の解決には圧倒的に有利なわけで、どうやらこの二人は持ちつ持たれつの関係のようだ。

明里から簡単に事情を聞いた上村は、裏をとった上で、またあらためてお話をうかがいに来ますと言って、頭をさげた。

「その際は、捜査にご協力をお願いいたします」

上村によると、幽霊の目撃談だけでは正式な捜査を開始できないので、何かきっかけになるものを考えないといけないのだそうだ。

「今回のケースだと、前に住んでいた女性の足取りですかね。まずは退去時の状況を調べてみないと……」

「送ってやろうか？」

明里から不動産屋の連絡先を聞くと、上村は玄関に足を向けながら、夜見に声をかけた。

「ああ」

上村のあとを追って、部屋を出ていこうとする夜見を、明里は慌てて呼び止めた。

「あ、あの……」

「ありがとうございました」

いろいろ不満はあるものの、問題を解決してくれたことは間違いない。

夜見は振り返ることなく片手をあげると、部屋を出ていった。

急に静かになった部屋で、明里はスマホを手に取ると、夜見のホームページを開いた。

音を消した状態で、動画を再生する。

真剣な顔で怪談を語っている夜見の姿が、なんだか少しだけかっこよく見えた。


二日後の夕方。

「なんとかしてください!」

仕事帰りに、〈猿の手〉の奥の席で夜見と向かい合った明里は、テーブルの上に身を乗り出して訴えた。

「ちゃんと音の原因はつきとめただろ」

夜見は表情を変えずにトマトジュースを飲んでいる。

「原因が分かっても、音がやまなかったら意味がありません」

明里は声を震わせて、目に涙を浮かべた。マスターが非難するような視線をこちらに向ける。

「分かったから、ちょっと落ち着け」

夜見はそう言うと、諦めたようにため息をついて、話を促した。

「それで、あのあとどうなったんだ？」

上村と夜見が帰ったあと、さすがに同じ部屋で寝る気にはなれず、明里はマットレスの上の布団をキッチンまで引っ張り込むと、くるまるようにして眠りについた。

昼過ぎになると、上村がやってきて、午前中の調査で分かったことを教えてくれた。

この部屋に住んでいたのは、篠崎茜《しのざきあかね》という二十四歳の女性で、いまから一ヶ月半程前に退去しているのだが、その際、本人はまったく姿を見せなかったらしい。

退去の連絡は、兄を名乗る男からの電話で、荷物を運び終えたあとの立ち合いにも、その兄が現れたが、サングラスにマスクをしていた上に、ほとんど喋らなかったため、人相などは分からなかった。

「そんな杜撰《ずさん》なことでいいんですか？」

「まあ、あまりよくはないんだけどね……」

上村は頭をかきながら答えた。

「一応、本人の判子が押された契約解除の申込書が送られてきたから、書類上は問題ないんだそうだ」

その申込書なら、明里も入居時にもらって、部屋のどこかに置いてある。住人を殺してしまえば、簡単に手に入れられる書類だ。

「それから、仕事先にも兄を名乗る男から、退職を申し出る電話があって、篠崎茜の痕跡は完全に消えてしまったんだ」

「茜さんに、家族はいなかったんですか？」

「一応、関西に母親がいるが、ここ数年はまったく連絡をとっていなかった。入居時の保証人も、家賃保証会社に頼んでいたようだ」

ちなみに、篠崎茜はひとりっ子で兄はいない、と上村はつけ加えた。

女性がひとり、不審な消え方をしていることは間違いないが、通常の場合、これだけで警察が動くことはない。

しかし、上村にとっては、彼女がすでに殺されていることは分かっているので、上司とかけあって捜査を開始するつもりだと言った。

その日の夜。

前の晩に続いて、明里がキッチンで寝ていると、ドンッ！　ドンドンッ！

またあの音に叩き起こされた。

時刻は午前一時二十七分。

キッチンとの境のドアは開け放してあったので、部屋の奥で、あおむけになった茜が、足で壁を蹴飛ばしている姿が見える。

明里が悲鳴を嚙み殺して、布団を抱きしめながら震えていると、しばらくして茜は動きを止めた。

目から涙が零れ落ち、口からはダランと舌がのぞいている。

昨日までは、どこの誰だか分からなかったが、いまは知っている。

篠崎茜、二十四歳。飲食店で働いていた、ごく普通の女性だ。

頭の中に、その名前を思い浮かべた瞬間、茜がまるで呼ばれたように、ゆっくりと起き上がって、明里の方を向いた。

「……っ！」

明里が喉の奥で悲鳴をあげる。

茜の体は、足を床からわずかに浮かせたまま、スーッと明里の前まで移動すると、まるで自分の部屋に入ってきた侵入者を不審がるような表情で、明里に顔をぐーっと近づけた——。

「——それで、気が付いたら朝だったというわけか」

明里の話を聞いて、夜見は呆れた顔で言った。

「よく気絶するやつだな」

「自慢じゃないけど、一週間前までは、一度も気絶なんかしたことなかったんですよ」

「まあ、彼女にしてみれば、殺されたことに気付かれたところで、状況に変化はないわけだから、成仏はしないだろうな」

夜見はしれっと言った。

たしかに、死体が見つかったわけでも犯人が捕まったわけでもない。解決というには不十分だろう。

「それじゃあ、わたしはどうしたらいいんですか？」

「引っ越せばいいじゃないか」

「それができるくらいなら、はじめからそうしてます」

「同じ場所にベッドをもどしたらどうだ？　少なくとも、苦しんでる姿は見えなくなるぞ」

冗談じゃない。同年代の女性が、首を絞められて苦しんでいる上で、どうやって安眠しろというのだ。

「約束が違います」

「約束？」

「なんとかしてくれるはずです」

「そんな約束、した覚えはないな」

「……泣きますよ」

明里が脅すようにいうと、夜見は一瞬ビクッとして、カウンターの中にいるマスターに目を向けた。それから明里の顔を見つめて、小さく息を吐くと、

「たぶん、死体を見つけてやれば、成仏するんじゃないかな」

「それって、本人には聞けないんですか？」

「相手にもよるが……この霊は、自分が殺された場所に縛り付けられているから、死体がどこにあるかは知らないと思うぞ。それに、殺されたショックが大き過ぎて、会話も難しそうだな」

「なんとかならないんですか？」

明里は夜見を見つめた。

このままでは住むところに困るという問題も、もちろんあるけれど、それよりも明里は、彼女のために死体を見つけて、犯人を捕まえたかった。

明里の真剣な眼差しに、夜見は困ったような顔で天井を見上げていたが、やがて顔を戻すと、明里の目の前にパッと手の平を突き出した。

「五つだな」

「五つ？」

「ライブに使えそうな怪談のネタを五つ集めてくるなら、協力してもいい」

「……分かりました」

明里は渋々頷いた。怖い話は苦手だけど、背に腹はかえられない。少なくとも、お金を請求されるよりはましだ。

「よし。契約成立」

夜見はパチンと手を合わせると、スマホを取り出して、画面に指を滑らせた。

そして、誰かにメッセージを送信すると、

「これで、近いうちに犯人は捕まるはずだ」

長い足を組んで、余裕の笑みを浮かべた。

「は？」

突然の展開に、明里は戸惑いを隠せなかった。

「夜見さん、やっぱり篠崎さんに聞いて、犯人が誰か知ってたんでしょ」

「知らないよ」

「じゃあ、いまの連絡はなんだったんですか」

詰め寄る明里に、夜見は肩をすくめて答えた。

「おれはただ、上村のやつにこう伝えただけだ。『隣の部屋に住んでたやつを調べろ』ってね」

「――どういうことですか？」

「隣の住人は、たしか一ヶ月前に引っ越していったんだよな」

「はい、そう言ってましたけど……」

「つまり、篠崎茜が殺された時は、まだ隣に住んでいたわけだ。それなのに、壁の音について、なにも言ってこないっていうのはおかしいと思わないか？」

「でも、それはたまたま気づかなかったとか、夜勤で部屋にいなかったとか……」

「だけど、犯人にとっては、そんなこと分からないだろ」

夜見は椅子に座り直して、わずかに身を乗り出した。

「もしかしたら、首を絞めてる最中に怒鳴り込んでくるかもしれないし、犯行が発覚したあとに『そういえばあの時……』って証言されるかもしれない。それなのに、彼女は首を絞められながら、隣室との境の壁を数分間にわたって蹴り続けていたんだ。自分が犯人だったら、気になると思わないか？」

夜見はそこでいったん言葉を切ると、トマトジュースを一口飲んでからさらに続けた。

「馬乗りになってるんだから、そのまま引きずって壁から離れてもいいし、足が動かないように押さえこんでもいい。それをしなかったのは、隣に誰もいないことを知っていたから――つまり、自分自身が隣人だったからだと考えれば説明がつく」

明里は呆気《あっけ》にとられた。そんなことは、考えたこともなかった。

「隣同士で何かトラブルがあったのか、それとも隣の男が一方的にストーカーをしていたのか……。動機は分からないが、おそらく兄を装って退去の手続きをしたのも、その男だろう。その後、不審に思った知り合いが訪ねて来たりしないか、半月ほど様子を見てから、アパートを去ったわけだ」

確かに、隣人が犯人と考えれば、いろいろとしっくりくることが多い。

「でも、まだ犯人と決まったわけじゃないですよね？　例えば、犯人は隣の人の知り合いで、その時間帯は留守にしていることをたまたま知っていたとか……」

「もちろん、その可能性もある」

夜見はあっさりと頷いた。

「ただ、その場合でも隣人とのつながりはあるわけだから、とりあえず隣人を調べてみるよう、上村に連絡したんだ。これで、もし犯人が捕まって安眠が約束されたら、怪談のネタを提供してもらうぞ」

そう言って、満足そうにトマトジュースを飲み干す夜見を見ながら、明里は、もしかしたらこの男ははじめから真相に気付いていて、この取引を引き出すために、いままで黙っていたんじゃないか、と思った。

「……なんだ？」

明里の視線に気づいた夜見が、明里の目を見つめ返す。

「なんでもありません」

明里は慌てて顔を逸らした。

そして、今度こそ成仏してくれるかもしれないという安堵《あんど》と、好きでもない怪談を集めないといけない憂鬱で、深く複雑なため息を盛大に吐き出した。

第二話　迷い幽霊

「大変だったね」

週末の夜。

前回と同じ居酒屋で、同じようにカウンター席で肩を並べて注文をすませると、美佳《みか》は明里《あかり》の肩を、ぽんぽん、と叩《たた》くような仕草を見せた。

「ほんとだよ」

明里は、がっくりと肩を落とした。今日は午後から休みをもらって引っ越しをしていたので、心身ともに疲れ切っていた。

「なんでわたしが、こんな日に……」

真夜中の怪音騒動が一応の決着をみてから、一週間が経《た》っていた。

あのあと、上村《かみむら》刑事が隣人だった男の居場所を突き止めて追及すると、男は拍子抜けするくらいあっさりと犯行を認めたらしい。

まさか、自分のところに警察がやってくるとは思っていなかったのだろう。

以前から篠崎茜《しのざきあかね》に一方的な好意を抱いていた男は、彼女がゴミ出しか何かで鍵を開けたまま部屋を離れた隙に忍び込んで合鍵を盗み出し、事件当夜、無理やり押し入って犯行におよんだのだそうだ。

殺害後、男はレンタカーで死体を運んで山中に埋めると、兄を騙《かた》って荷物を処分し、部屋の明け渡しの手続きをすすめた。

そして、あまり間を置かずに退去すると怪しまれると考え、しばらく留《とど》まって様子をうかがってから、自分も部屋を解約して出ていったのだった。

男の自白を受けて、正式に殺人事件として捜査することになったため、明里の部屋には警察が現場検証にやって来たり、茜の母親がたずねてきたりと、大騒ぎになった。

茜は母親の再婚相手と折り合いが悪く、高校を卒業すると同時に家を飛び出して以来、ほとんど音信不通の状態だったらしい。

犯人が引っ越しに見せかけるために、部屋の荷物をすべて処分してしまったので、遺品になるようなものは何も残っていなかった。

母親は落胆しながらも、せめて娘が見ていた景色をと、窓の外にカメラを向けた。景色といっても、裏の住宅と隣のコインパーキングぐらいしか見えないのだが、それでも母親は何枚か写真を撮ると、丁寧に礼を言って帰っていった。

「なんか、かわいそうだね」

明里の話を聞いて、美佳がしんみりとした口調で言う。

明里もウーロンハイを片手に頷《うなず》いた。

音信不通だったとはいえ、突然娘の死を知らされた母親の姿は、痛々しくて見ていられなかった。

「それで、新居の住み心地はどう？」

美佳が笑いを含んだ目で聞いてきた。

「まあ、快適かな」

明里も苦笑いしながら答えた。

「なにしろ、住所も間取りも同じだからね」

死体が発見されてからは、茜の幽霊は出なくなったが（それまでの数日間は、一時半前後の数十分間、近所をうろうろして時間を潰していた）、それでも同じ部屋に住み続けるのは、さすがに抵抗があった。

かといって、立地や家賃を考えると、手放すのももったいない——どうしようかと美佳に相談すると、同じアパートの別の部屋に引っ越したらどうかとすすめられたのだ。

たしかに空き部屋も多いし、引っ越しの手間もそれほどかからない。

それに、なにしろ明里は殺人事件があった部屋で暮らしていたのだ。不動産屋も事件のことは知らなかったとはいえ、交渉できるんじゃないか——そう言われて、瀬川《せがわ》をつかまえて話し合った結果、真下の一〇一号室に、もともと安かった今の家賃のさらに二割引きという破格の金額で引っ越すことができたのだった。

明里がひととおり報告を終えると、

「それで、夜見《よみ》っていう人はどうだったの？　かっこよかった？」

美佳は顔を寄せてきた。

「うーん……」

たしかに見た目はかっこいいけど、怪談師として明里の話を聞いていた時と、心霊関係のトラブルだと分かってからの態度が違い過ぎる。

それでも結局は相談にのってくれたのだから、根はいい人なのかもしれないけど……。

いろいろなことを総合的に判断した結果、

「とりあえず、あのホームページの写真は盛ってないと思う」

明里は無難な答えを返した。

「へー、それじゃあ、やっぱりイケメンなんだ」

ほっけの身をほぐしながら、美佳は目を輝かせた。

「それに、事件を解決したのも夜見さんなんでしょ？　霊能力の噂《うわさ》も本当だったんだね」

「それはどうかな……」

　明里は首を傾《かし》げた。

　たしかに霊感は強いのかもしれないが、事件を解決したのは霊能力というより、単純に推理能力だと思う。

「しかも、怪談五つと引き換えだし……」

　明里はため息をついた。

「怪談？」

　明里は美佳に、事件を解決してもらった報酬として、怪談のネタを提供しないといけないのだと説明した。

「怪談か……」

「なにかある？」

　明里は期待を込めてたずねた。

　夜見のことを知っていた美佳なら、怪談も何か知っているかもしれない。

「昔いた職場で、こんな話なら聞いたことあるけど……」

　美佳は宙を見つめると、そう前置きをして話し出した。

『残業』

いまから十年くらい前の話。

ある部署に、Tという四十代半ばの課長がいた。

T課長は仕事熱心なことで有名で、誰よりも早く出社しては、遅くまで残業していた。

決算期を前にした、三月の半ば。

その日もT課長は、ほかの社員が全員帰った後も、ひとり残ってパソコンに向かっていた。

日付が変わる直前になって、警備員が見回りに来た時も、栄養ドリンクを飲みながら、翌日の会議の資料を作っていたらしい。

翌朝。

総務課の女子社員が出社すると、コピー室の方から、

ピーーーー

と、エラー音が聞こえてくる。

なんだろうと思ってドアを開けた女子社員は、室内の光景を見て、一瞬絶句したあと、

「きゃーーーーっ！」

と悲鳴をあげた。

T課長がコピー機におおいかぶさるように倒れていて、床には苦悶《くもん》に満ちたT課長の顔のコピーが、足の踏み場もないほどに敷き詰められていたのだ。

「――あとから分かったんだけど、その課長、資料をコピーしてる最中に心臓発作を起こして、自分の顔をガラスに押し付けた状態で亡くなったみたいなの。その拍子に、連続コピーするボタンを押したままになっちゃって、苦しみながら死んでいく表情が、用紙がなくなるまでコピーされ続けたそうよ」

美佳はそう言って、生ビールの残りをグイッと飲み干した。

「なにそれ、怖い」

明里はブルッと体を震わせた。

出社したら、床を埋め尽くすほどの死に顔のコピーがあったというのも、もちろん怖いけど、職場で仕事をしながら命を落とすというのが、リアルに恐ろしかった。

自分だったら、そんな死に方、絶対にしたくない。

いまは役所の非常勤職員で、給料は安い代わりに勤務時間はきっちり決まっているので、過労死するような心配はないけど……。

そこまで考えた明里は、ふとあることが気になって美佳にたずねた。

「発見した人が、エラー音を聞いたって言ってたけど……コピー機にエラー音なんてあったっけ？」

「それなんだけどね……」

美佳は微《かす》かに笑みを浮かべると、囁《ささや》くような声で言った。

「その子が言うには、コピー機から聞こえてきた音、ドラマとか映画で聞いたことある、心電図が止まる時の『ピーーーー』っていう音にそっくりだったんだって」

ガヤガヤと騒がしかった店内が、一瞬、静まり返ったような気がした。

「……なんていうか、怖いっていうより、悲しい話だね」

明里は言葉を絞り出すように言った。

「まあね。あと、こんな話も聞いたことあるけど……」

手羽先にかぶりつきながら、美佳は続けて会社を舞台にした怪談を話し始めた。


『電話』

別の部署の話。

研修期間の一ヶ月を終えて、担当部署に配属された新入社員の女性が、自分のデスクに

案内されて、気合を入れていると、

「いまからあなたに、重要な任務を伝えるから」

指導担当の先輩社員が、腰に手を当てて真剣な顔で言った。

「はい」

彼女が緊張して背筋を伸ばす。

「いい？　毎朝、始業と同時にKさんっていう男性から電話がかかってくるから、なにを言われても、

『大丈夫です。気にせず、ゆっくり休んでください』

って答えるのよ」

「――はい？」

彼女は戸惑って、首を四十五度に傾げた。

「どういう意味ですか？」

「いいから、あなたは言うとおりにすればいいの」

その勢いに気圧《けお》されて、彼女はそれ以上何も聞けずに、黙って頷いた。


次の日。

始業時間よりも、かなり早くから席についていた彼女は、業務開始と同時にかかってきた電話を、素早くとった。

彼女が会社名と部署名を口にすると、電話の相手はKと名乗って、

「すみません。ちょっと体調が悪くて、休ませてもらいたいんですけど……」

と言った。

彼女が「これか」と思って、教えられたとおり、

『大丈夫です。気にせず、ゆっくり休んでください』

と答えると、Kさんは、

「すみません。すみません……」

何度も謝りながら電話を切った。

「かかってきた？」

彼女が受話器をおくと、それを待っていたように、先輩が話しかけてきた。

「あ、はい。Kさんという方から……」

彼女が答えると、先輩は、

「明日もよろしくね」

かたい表情で言って、その場を立ち去った。

それから毎日、その電話は始業と同時にかかってきた。そのたびに彼女は、

『大丈夫です。気にせず、ゆっくり休んでください』

と答えて、先輩に報告していたが、それが一週間も続くと、さすがに疑問に思えてきた。

そしてある日、同期入社の社員から、ある事実を聞いた彼女は、先輩にたずねた。

「あの……Kさんって、一年前に亡くなってるって本当ですか?」

「ええ、そうよ」

先輩は悪びれた様子もなく答えた。

「彼、ちょうど一年前の月曜日の朝に、始業と同時に電話をかけてきたの。『すみません。ちょっと体調が悪くて、休ませてもらいたいんですけど……』って。

それが、火曜日も水曜日も、同じ時間に同じ内容の電話がかかってきたから、心配になった同僚が仕事帰りに様子を見にいったら、ベッドの上で亡くなっていたの。

すぐに救急車を呼んだんだけど、手遅れで……ただ、死体を調べたお医者さんが、おかしなことを言うのよね。

『この人、遅くとも月曜日の午後には亡くなっていたはずですよ』

同僚は、昨日も今日も電話がかかってきてるんだから、そんなはずないって思ったんだけど、会社やご家族に連絡したり、お葬式の準備を手伝ってりしているうちに、忙しさに

まぎれて忘れちゃったの。

で、次の日、また始業と同時に、死んだはずのKさんの声で『すみません。ちょっと体調が悪くて……』ってかかってきたから、

『おい、お前誰だ。からかってんのか』

同僚が怒って電話口で怒鳴ったら、

『からかってるわけないだろ。何言ってんだよ』

Kさんの声で言い返してきたのよ」

それでも、Kさんの死体を直接見ている同僚は、信じられなかったので、

『ふざけるな。いい加減にしろ。

と怒鳴って、電話を叩き切った。

その日の午後、同僚は営業先から帰る途中で事故にあって、大怪我を負った――』

「え……」

先輩の言葉に、彼女は絶句した。

「それって……」

「それだけじゃないの」

先輩は彼女の言葉を遮って、さらに続けた。

それからも、電話は毎日かかり続けて、電話を受けた社員のうち、信じなかったり、冷

たい対応をした者は、怪我をしたり、身内に不幸が続いたりした。

その後、いろいろ試した結果、

「気にせず、ゆっくり休んでください」

という台詞が、一番安全だと分かったのだ。

「大丈夫よ。一年経《た》ったら、新人に交代してもらうから」

彼女が青い顔をしていると、先輩は励ますように言って、逃げるように去っていった。


「——どうですか？」

明里が話し終えると、夜見は腕を組んで「うーん……」と唸《うな》った。

そして、長い間、眉間にしわを寄せていたかと思うと、

「どっちも五十点かな」

そう言って、ストローをくわえた。

真っ黒ないでたちに、トマトジュースを飲むその姿は、まるでドラキュラのようだ。

「五十……？」

突然の採点に、明里が困惑していると、

「どっちも、よくあるパターンの怪談だからな」

一気に半分ほど飲み干したグラスを置いて、夜見は偉そうな態度で言い放った。

喫茶〈猿の手〉。

いつもと同じ奥の席で、明里は美佳から聞いた怪談を報告していた。

「え？　そうなんですか？」

よくあると言われて、明里は驚いた。

美佳の話してくれた怪談はどれも、明里が聞いたことのない話ばかりだったからだ。

低評価に口をとがらせる明里に対して、夜見は表情を変えずに続けた。

「どっちもいってみれば、『満員ですよ』と言って断ってくるエレベーターの死神くらい有名な話だな」

「よく分からないんですけど……」

怪談の認知度を怪談で例えられても、分からないことに変わりはない。

「でも、有名かどうかは関係ないんじゃないですか？　本当に体験した人がいれば、それは実話なわけだし……」

夜見から課せられた条件は、「フィクションではなく、その人が体験したか、または体験した本人から聞いた話」というものだった。

美佳から間接的に聞いた話が、「体験した本人から聞いた話」に該当するかどうかは微妙なところだが、本当にあった話として職場で言い伝えられているのであれば、実話とみなしてもいいのではないだろうか。

しかし、明里の意見はあっさりと却下された。

「いくら実話でも、あまりに手垢《てあか》のついた話は使えない。お客さんに『その話、聞いたことある』と言われて、『いや、でもこれは本当にあった話なんです』と言い訳してなんになる？　怪談師は、実話としての怪談を語ることで、聞いた人を怖がらせると同時に楽しませないといけないんだ」

「はあ……」

熱弁をふるう夜見に、明里は間の抜けたあいづちをうった。

仕事にプライドを持つのはけっこうだが、それを一方的に押し付けられても困る。明里は怪談師ではないのだ。

「そんなこと言われても、どれが有名な怪談なのか、素人には分かりませんよ」

「大丈夫。それはこっちで判断するから、どんどん集めてきてくれ」

「でも、五十点ということは、没ではないんですよね？」

明里はやや期待を込めて夜見を見た。

夜見は片方の眉をちょっとあげて、

「まあ、基本的にはよくある話だが、心電図のくだりとか、ちょっと面白いところもある。電話の話も、オチは弱いが、語り口は悪くなかったから、職場怪談としてほかの怪談と組み合わせれば使えないことはなさそうだし……」

「じゃあ、合わせて一つ分っていうことで」

これ以上はひかないぞ、という目で、夜見を見据えると、

「分かったよ。それじゃあ、ノルマはあと四つだ」

夜見は肩をすくめて、手帳をパタンと閉じた。

「でも、夜見さんは幽霊が見えるんだから、自分で集めればいいんじゃないですか」

ようやく緊張から解放された明里が、ロールケーキにフォークを刺しながら言うと、

「もちろん、そういうケースもある」

夜見は長い足を組み変えて答えた。

「だけど、お客さんが聞きたいのは、コワオモな話なんだ」

「なんですか、コワオモって」

「怖くて面白い話だよ。例えば『一丁目の交差点には、血だらけの男の霊がいます』なんて聞かされて、面白いか？」

明里は首を振った。

「お客さんが聞きたいのは、幽霊がどこにいるかの報告じゃなくて、その幽霊にまつわる物語《ストーリー》なんだ。だから、そこには幽霊と、その幽霊を見て怖がる登場人物が必要なんだよ」

要するに、心霊現象だけではなく、その現象を体験した人の反応もあわせて語ることで、

怪談として成立する、ということのようだ。

「そういえば、アパートの方は、その後どうなんだ？」

トマトジュースを飲みながら、夜見が聞いた。

不動産屋と交渉して、真下の部屋に引っ越したところまでは、すでに話してある。

可能なら、別のアパートに引っ越したいところだけど、生活のためには仕方がない。

「おかげさまで、あれ以来、おかしなことは起きてません」

明里が答えると、

「そうか」

夜見はかすかにがっかりしたような表情を見せた。

どうやら、さらなるネタを当てにしていたようだ。

「犯人は逮捕されて、死体も発見されたんですから、もう何も起こらないですよね？」

明里が念を押すように言うと、

「まあ、これ以上あのアパートで過去に事件が起きていなければな」

夜見は何かを期待するような目で言った。

「次の怪談ライブまでに、あと二本はネタを用意しておきたいんだ。『生き人形』や『山の牧場』なみのネタを持ってきたら、特別ボーナスも考えるから、がんばってくれ」

だから、怪談で例えられても――という言葉を飲み込んで、明里はケーキを口に放りこんだ。

せっかくの休日だというのに、夜見とのやりとりで疲れ切った明里が、アパートに帰りついてドアの前で鍵を取り出していると、

「こんにちは」

水色のコートを着た若い女性が声をかけてきた。たしか、同じ階の反対側の端、一〇五号室の住人だ。

目尻のさがった細い目と、肩まである栗色《くりいろ》の髪をまじまじと見つめながら、明里が名前を思い出そうとしていると、

「一〇五の遠藤《えんどう》です」

女性は自ら名乗って、にっこり笑った。そして、すぐに真顔になると、

「引っ越し早々、災難でしたね」

キュッと眉を寄せてそう言った。

「あ、はい。いろいろとお騒がせしまして……」

明里はぺこりと頭をさげた。

ここ数日でようやく落ち着いてきたけれど、茜を殺した犯人が逮捕された直後は、記者

たちがアパートの住人に取材を申し込んだり、周辺をうろつきまわったりして、しばらく落ち着かない日々が続いた。

さすがにあれだけの大騒ぎになって、不動産屋も黙っているわけにはいかなくなったみたいで、明里の部屋で殺人事件があったことと、犯人が隣の住人だったこと、明里が真下の階に引っ越したことは、アパートのほかの住民にも知らされていた。

たぶん、知らないのは被害者の幽霊が壁を蹴っていたことぐらいだろう。

「なに言ってるんですか。西野《にしの》さんのせいじゃないですよ」

遠藤は明るく笑って、顔の前で手を振った。

「それより、びっくりしました。まさか、三上《みかみ》さんが篠崎さんを殺してたなんて……」

「遠藤さんは、お二人とはお知り合いだったんですか？」

「知り合いっていうほどじゃ……いまみたいに、顔を合わせたら挨拶するくらいでしたから……」

「あの……よかったら、お茶でもどうですか？」

明里はドアノブに手をかけながら言った。

自分の部屋で行われた殺人事件の被害者と加害者がどんな人物だったのか、聞いてみたいと思ったのだ。

「あ、それじゃあ、ちょっと荷物を置いてきます」

遠藤はいったん自分の部屋に戻ると、すぐにピンクのトレーナーとジーンズに着替えて戻ってきた。

あまり家具のない明里の部屋で、ローテーブルを挟んで向かい合う。明里がお茶を出して自己紹介をすると、

「遠藤一葉《かずは》です」

一葉が名乗って頭をさげた。まだ二十一歳で、小学生向けの進学塾で事務の仕事をしているらしい。

「それで、犯人の三上さんは、どんな人だったんですか？」

明里はさっそく切り出した。

「うーん……普通の人でしたよ」

すれ違った時に挨拶するくらいだったが、特におかしな印象はなかったと一葉は言った。

「篠崎さんとは、何度か立ち話はしましたけど、大人しい人だなと思ったくらいで――」

一葉はそこで突然言葉を止めて、首を傾げるような仕草を見せた。

「どうしたんですか？」

「そういえば、篠崎さんから一度だけ、三上さんについて『あの人、なんか怖くないですか？』って聞かれたことがありました。話しかけてきたりはしないんですけど、すれ違った時に、睨《にら》むみたいにじっと見てくることがあって、気になってたみたいです」

二人には同じアパートの住人という以上の関係はなく、三上が一方的に茜に思いを寄せて、関係を迫ったのだろうというのが警察の見立てだと、上村は言っていた。

明里がそのことを話すと、

「でも、三上さんには別に彼女がいるんだと思ってました」

一葉はそう言ってまた首を傾げた。

「え？　彼女」

上村はたしか「恋人のいない三上が、茜に執着して起こした事件」と言っていたはずだ。

「一葉さん、その彼女に会ったことあるんですか？」

「そうじゃないんですけど……」

二ヶ月ほど前——つまり事件が起こる直前に、思いつめたような目でぶつぶつと呟《つぶや》きながら階段をおりてくる三上を見かけたというのだ。

「『おれを裏切りやがって……』とか言いながら、チカとかミカとか、そんな名前を口にしてたので、彼女と喧嘩でもしたのかと思ってたんですけど……」

別れた彼女という可能性もある。一応上村さんに伝えておいた方がいいのかな、と明里が考え込んでいると、

「あの……もしかして二〇五号室って、茜さんの幽霊が出たりしたんですか？」

一葉が突然真剣な目で聞いてきた。

「え？」

明里は驚いた。霊のことは、どこにも発表されていないはずだ。

事件が発覚したのは、いないはずの兄からの電話で退去の手続きをした女性の存在に偶然気付いた刑事が、その直後にアパートを引き払った隣人に事情を聞きにいったところ、罪の意識に怯《おび》えていた元隣人が自ら犯行を告白した、ということになっていた。

「どうしてそう思うの？」

明里が反対に聞き返すと、

「だって、部屋だけ変わるって珍しいじゃないですか。殺人事件があった部屋に住むのが気持ち悪いなら、普通、アパートから出ていくでしょ？　だから、あの部屋限定で、なにか問題があったのかな、と思って……」

「一葉さんって、幽霊とか信じるんだ」

少し意外に思って口に出すと、一葉は酸っぱいものでも飲み込んだような顔で、

「信じてなかったんですけど、実はいま、職場にいるみたいで……」

予想外の台詞を口にした。

どうやら、思いがけず怪談のネタが飛び込んできたようだ。

「その話、詳しく聞かせてもらえません？」

「いいんですか？　わたしも、誰かに聞いてもらいたかったんです」

もしかして、自分が知らないだけで、世間には怪談の体験談というのは溢《あふ》れているのだろうか——そんなことを考えながら、明里は一葉の話に耳を傾けた。

『うろうろ』

わたし、半年前から進学塾で受付事務の仕事をしてるんです。

え？　その前ですか？

まあ、いろいろです。

安定した仕事が見つからなくて、アルバイトをいくつか掛け持ちしてたんですけど、なかなかお金が溜《た》まらなくて……。

だから、やっと正社員の仕事が見つかって、すごく嬉《うれ》しかったんです。

あ、話がそれちゃいましたね。

それで、その進学塾には、わたしが入るよりも前から、幽霊が出るっていう噂があったみたいなんです。

うちは中学受験の塾なので、生徒はみんな小学生なんですけど、六年生は平日だと、毎日晩の十時くらいまでみっちり授業があるんです。だから、職員も勤務時間が遅くて、遅番の時だと、事務所を出るのが十一時を過ぎることも珍しくないんですよ。

幽霊を最初に見たのは、事務長の山際《やまぎわ》さんという男性で、わたしが働き始める直前のことでした。

その日は事務員の休みが重なったので、山際さんはひとりで遅くまで残って、書類の整理をしていたそうです。途中で計算ミスが見つかったこともあって、気が付くと、もう夜中の十二時前になっていました。

塾は駅前のビルの四階に入ってるんですけど、ほかの階には違う会社とかお店が入っていて、十二時以降もビルに残る場合は、ビル全体を管理している警備会社に連絡して、次の日に報告書を出さないといけないんです。

そうなるといろいろと面倒なので、日付が変わる前に帰ろうと、山際さんが片づけを始めた時のことでした。エレベーターの方から、突然、ドン、っていう低い音が聞こえてきて……。

小さなビルなので、ワンフロアごとにひとつの会社とかお店で占めてるんですね。うちの塾も、エレベーターを降りたらガラス戸が目の前にあって、すぐに塾になっているので、事務室からエレベーターが、ガラス越しによく見えるんです。

どうしたんだろうと思って、山際さんがのぞきこむと――

男の人が、エレベーターから出てきました。

いえ、降りてきたんじゃなくて、出てきたんです。

だって、エレベーターの扉は開いてなかったんですから。

向かって左から出てきたそうです。

え？　外見ですか？　山際さんから聞いた話だと、グレーの背広を着た、疲れた感じの男の人だったって……その人が呆然《ぼうぜん》とした顔で塾に入って来て……。

山際さんも、まだその時は冷静で、扉が開いてないように見えたのは勘違いだろうと思って、ガラス戸を開けながら声をかけました。

「なにか御用ですか？」

塾はとっくに終わってるし、生徒さんもいなかったので、別のフロアのお客さんが、間違って降りたんじゃないかと思ったんです。

だけど、その男の人、目の前に立っている山際さんの姿が全然目に入っていないみたいに、まっすぐ近づいてきて、
そのまま、山際さんの体を通り抜けていったんです。

男の人の幽霊は塾に入っていくと、きょろきょろしながら教室をのぞいたりしてたんで

すけど、しばらくしたら、またこっちに戻って来て……。

山際さん、ちょうど帰る準備をしていて、財布とスマホはポケットに入れていたので、そのまま非常階段から逃げ出したそうです。

ビルの外にある非常階段に通じるドアが、エレベーターの横にあって、中からは開けられるんですけど、外からは鍵がないと入れないんです。

だから、そこから外に出ちゃうと、教室の鍵をかけに戻れないんですけど、どうしてもエレベーターを使う気になれなかったんだっていってました。


「――その男の幽霊って、なにものだったんですか？」

話し終えて紅茶を飲む一葉に、明里がたずねると、

「それが謎なんですよ」

一葉は眉を寄せて口をとがらせた。

その後も幽霊は同じ時間に現れて、ほかの職員も目撃しているが、誰もその男に見覚えがないらしい。

「時刻はだいたい夜中の十一時四十五分くらいで、行動もまったく同じ。エレベーターから現れて、まるで何かを探すみたいに、塾の中をうろうろと歩き回ると、またエレベータ

ーの方へと戻っていくそうです」

「遠藤さんは、その幽霊、見たことあるんですか?」

「ありません。ただ、このままだと見ることになるかもしれなくて……」

明里の問いに、一葉はぶるぶると首を振ると、目に涙を浮かべた。

一葉によると、いまはまだ新人だし、あまり遅くまで残らなくてもいいように、周りもサポートしてくれているけど、来月になると事務員がひとり辞めて、さらに別の事務員が産休に入るので、仕事が増えて、月に何度かは遅くまで残らないといけなくなりそうだというのだ。

明里は唸った。

複数の職員が目撃していることから考えると、その幽霊は夜見が言うところの、電波が強いタイプなのだろう。

ということは、一葉の霊感の強さに関係なく、その場に居合わせたら見えてしまう可能性が高い。

「西野さんって、霊感とかあるんですか?」

「え? わたし? まさか」

明里は手を振って否定した。

篠崎茜の霊は、たぶん例外だ——と思いたい。

「そうですか……」

一葉はがっかりした様子を見せた。

「もし霊感があったら、説得してもらえないかな、と思ったんですけど……」

「説得？　だれを？」

「その男の人の幽霊です。どういう理由で出てくるのかは分からないけど、なんとか成仏してほしくて……」

いまは夜中にしか現れないようだけど、もし早い時間に出るようなことがあれば、子どもたちはパニックになるだろうし、そうなると塾の評判にも響く。

せっかく見つけた職場を守りたいという気持ちは、明里にもよく分かった。

明里自身には霊感はないし、霊を説得することもできないけど、できそうな人なら知っている。この話を持ち掛ければ、怪談のネタも提供できるし、彼女の悩みも解決できて、一石二鳥のはずだ。

明里は身を乗り出すと、熱心な口調で言った。

「なんとかしてくれそうな人に、心当たりがあるんだけど……」


翌日。明里は仕事が終わると電車に乗って、いつも夜見と待ち合わせる地下街の最寄り駅へとやってきた。

一葉が勤めている塾は、ちょうどこの駅前にあったのだ。

昨日、一葉の了解を得て電話をかけると、夜見は現地を見にいきたいと言い出した。

ただ、普通のお店なら客のふりをしてのぞけばいいが、進学塾ではそういうわけにはいかない。

どうしようかと考えていると、

「その夜見さんっていう方は、男性なんですよね？」

電話中の明里に、一葉が聞いた。

「だったら、ご夫婦で塾の見学に来たことにすればどうでしょうか」

「でも、中学受験なんでしょ？」

中学受験をする子どもは十一歳とか十二歳だから、まだ二十代の明里が母親のふりをするのは少し無理があるのでは、と思ったのだが、

「大丈夫ですよ。うちは小二コースからありますから」

一葉の言葉に、明里は絶句した。

小二なら六、七歳だから、明里ぐらいの母親がいても不思議はない。

それよりも、最近は小学二年生から中学受験の準備を始めるのかという驚きと、同年代の女性の中には、すでに子どもの進路を考えている人もいるのかという衝撃に、明里はシ

ョックを受けていた。

そういえば、夜見は何歳なのだろう。自分とあまり変わらないようにも、ずっと年上にも見える。私生活についても、知らないことだらけだ。

まあ、見た目はいいからもてるだろうけど、あの性格では結婚してることはなさそうだな、などと失礼なことを一方的に考えながら、駅を出たところで待っていると、

「おい」

すぐ近くから、聞き覚えのある声がした。慌ててあたりを見回すが、夜見の姿はどこにも見当たらない。

あの黒づくめのことだから、夜の闇に紛れているのかも、と思っていると、

「ここだ」

目の前で声がした。

髪をきれいになでつけた、ネイビーブルーの背広姿の男性が立っている。

それが夜見だと気付くまで、さらに十秒ほどかかった。

「……夜見さん？」

疑問形で名前を呼ぶ明里に、

「なにぼけっとしてるんだ。いくぞ」

夜見は先に立って、さっさと歩き出した。

どこからどうみても、まっとうな会社員だ。

ビルに入ると、二基あるうちの、向かって左側のエレベーターに乗り込んで、四階のボタンを押す。

明里は小さなカゴの中を見回してみたけど、なんの変哲もない、ごく普通のエレベーターだった。

「普通ですね」

「当たり前だ。一日中、男の霊が浮かんでいたら、大騒ぎだろう」

明里の言葉に、夜見が愛想のない声で答えた時、エレベーターは四階に到着した。

一葉から聞いていたとおり、エレベーターの扉が開いてすぐにガラス戸がある。

塾に入ると、カウンターの内側でパソコンに向かっていた一葉が、さっと立ち上がった。

「ご予約の西野様ですね？」

「はい」

夜見がにこやかに答える。

「では、こちらにどうぞ」

一葉の先導で、明里たちはフロアの奥に向かった。

「ここはよく入試に出るので、しっかり覚えておいてください」

教室の中から、丁寧だけど威勢のいい声が聞こえてくる。

「通常は、講師が見学者に説明をするんですけど、この時間帯はみんな授業で出払っているんです」

小部屋に案内すると、一葉はそう言って笑った。それを狙って、この時間を指定してきたようだ。

子ども用の机を向かい合わせにして、カモフラージュのために、一応パンフレットを広げると、あらためて自己紹介を交わす。

「遠藤です。よろしくお願いします」

「夜見です」

夜見はわずかに頭をさげると、さっそく手帳を取り出した。

「それでは、お話をうかがえますか？」

一葉は昨日と同じ話を、要領よく説明した。そして、手帳を見直しながら、口の中でぶつぶつ呟いている夜見に、

「それで、なんとかなるでしょうか」

そう言って、不安と期待の入り混じった目を向けた。

「なにがですか？」

その言葉に、夜見は不審そうに眉を寄せる。

「あの……夜見さんは幽霊を成仏させるのがお得意だと、西野さんから……」

一葉の言葉に、夜見が目を細めて明里を睨む。

「い、いいじゃないですか。怪談を提供してくれたお礼ですよ」

明里はその眼力に少しびびりながらも、愛想笑いを浮かべた。

昨日、一葉の怪談について簡単に説明した時、夜見は「使えそうだな……」と言っていたし、こうして現地取材までさせてもらっているのだ。

こちらからも、何かお礼をするのが筋というものだろう。

もうすぐ休憩時間に入るので、一葉とはあらためて外で待ち合わせることにして、明里と夜見は塾を出ると、再びエレベーターに乗り込んだ。

「聞いてないぞ」

低い声で言う夜見に、

「でも、困ってるんですよ」

明里が反論したところで、エレベーターは一階に停《と》まった。

扉が開いて、スタスタと歩く夜見を追いかけた明里は、ビルの入り口で思いがけない人物から声をかけられた。

「あれ？　西野さん」

明里は目を丸くした。ビルに入ろうとしていたのは、不動産屋の瀬川だったのだ。

「こんなところで、どうされたんですか？」

「あ、ちょっとここに友だちが勤めてて……」

明里がチラッとビルを振り返りながら答えると、

「うちの事務所も、ここの七階にあるんですよ」

瀬川は窓を見上げて指さした。

「営業用の店舗ではなく、法務とか法人営業用の事務所なんですけどね」

「七階ですか？」

夜見がぐいっと顔を突き出して、横から口をはさんだ。

「はい、そうですけど……あなたは？」

明里が紹介しようとしたが、夜見はそれを無視して瀬川にたずねた。

「ここ半年から一年くらいの間に、事務所やビルのエレベーターの中で、何かおかしなことが起こったりしていませんか？」

随分と不躾《ぶしつけ》な態度だったが、瀬川はぽかんと口を開けると、不思議そうに夜見を見ながら言った。

「どうしてご存じなんですか？」

瀬川は時折訪れるだけなので、直接経験したことはないのだが、事務所では夜中の十二時前になると、机がひとりでに動くという噂があるらしい。

「それも、その場で音をたてるとか、位置がずれるとか、そういうレベルではないんです。

事務所に勤めている同期から聞いた話なんですけど……」

瀬川の同期の男性が、日付が変わる直前に、ようやく残業が終わってエレベーターを待っていると、背後でガタンと音がした。

振り返ると、ガラス戸の向こうから事務机がすごい勢いで近づいてくる。

男性はびっくりして逃げようとしたけど、体がこわばって動かない。

机はガラス戸を突き抜けて迫ってきたかと思うと、そのまま男性を押しつぶすようにして、エレベーターのドアに、ドオン、と激突した。

その衝撃に、しばらくその場で呆然としていた男性だったが、気がつくと、どこにも怪我をしていないし、エレベーターに何かがぶつかったような跡もない。なにより、向かってきたはずの机は元の場所からまったく動いていなかった——そんな話だった。

どうやら、一葉から聞いた話に出てきた大きな音は、七階が出所だったらしい。

結局その人は、怪我をしたわけではないし、ガラスも割れていなかった。

言ってみれば、机の幽霊だ。

どういうことだろうと思っていたところに、丁度一葉がエレベーターから降りてきたので、明里たちは瀬川と別れると、近くにあるファミレスへと場所を移した。

遅番の日は、この時間帯に交代で夕食休憩を取るのだそうだ。

「さっき、教室でも思ったんですけど……」

テーブル席で向かい合って、注文をすませると、一葉は夜見を見て微笑んだ。

「怪談師の方って、意外と普通の格好をされてるんですね。もっと怪しげな雰囲気だと思ってました」

「仕事の内容が怪しげなだけで、中身はごく普通ですよ」

夜見が苦笑いをしながら答える。

それを隣で聞きながら、明里は首を傾げていた。

自分と会う時は、まるでカラスかドラキュラ並に真っ黒な格好をしていて、常に怪しいんだけど……。

「それでは、さきほどのお話について、あらためて何点か確認させてもらいます」

夜見は手帳を開くと、幽霊の目撃談について、一葉にいくつか質問をした。

一葉が事前に、ほかの職員からも幽霊の目撃談を聞いておいてくれたのだが、はじめに聞いた話とあまり変わらなかった。

話の途中で運ばれてきたパスタを食べながら、特に新しい発見はなかったな、と明里が思っていると、

「それじゃあ、幽霊を目撃した人は全員、その直前に大きな音を聞いているんですね？」

夜見が一葉にたしかめるように言った。

たしかに、どの目撃談もドオンとかガアンという音を聞いてから、数秒後に幽霊が現れ

ている。

「なんの音なんでしょうか……」

眉をひそめる一葉に、夜見がさっき瀬川から聞いた話を教えた。

「七階ですか？」

一葉が訝《いぶか》しげに眉を寄せる。

「知りませんでした。そもそも、ほかの階とはあまり付き合いがないので……」

「ちなみに、ここ数年の間に、塾で亡くなった方はいらっしゃいますか？」

「いえ、わたしが知っている限りでは、いないと思います」

「隠してるのかも……」

明里が横から口をはさむと、

「ばかだな」

夜見がばっさりと否定した。

「それを隠すなら、まず幽霊を見たこと自体を隠すだろ」

「あ、そうか」

幽霊が職員の死に関するもので、その死を隠したいのなら、幽霊を見たこと自体を口止めすればいいわけだ。

「いや、それより……」

ばかは言いすぎでしょ、と明里が反論する前に、一葉が補足のために口を開いた。

「ただ、受験に失敗した生徒さんの保護者みたいに、塾の外部に塾を恨んでいる人がいたとしたら、ちょっと分からないのですが……」

「いや、それはないと思います」

夜見がすぐに答えた。

「例えば家で自殺をしたとして、それほどはっきりとした恨みを抱えたまま塾までやってきたのなら、もう少し分かりやすい行動――怒りの表情を浮かべたり、訴える素振りを見せたりするはずです。それなのに、お話を聞いた限りでは、道に迷ったような表情でうろつきまわっていたとか……。自殺の場合、死んだ時のショックで記憶が飛んでしまう可能性もありますが、それなら塾までたどりつけないでしょうし……」

そもそも、はっきりと塾に恨みを持っている者の幽霊なら、職員の誰かがとっくにその正体に気付いてますよ、と夜見はつけ加えた。

「あの……」

話の中に気になる内容が出てきて、明里はおずおずと手を挙げた。

「幽霊って、記憶が飛んだりするんですか？」

「するよ」

夜見はあっさりと答えた。

「特に、自殺の衝撃は大きいからね。死んだ瞬間に、どうして死んだのかを忘れてしまってさまよう幽霊は珍しくない」

一葉は時計を見た。もうすぐ休憩も終わりだが、結局幽霊の正体は分からないままだ。

「それじゃあ、あの幽霊は……」

途方にくれたように呟く一葉に、

「ここから先は、実際に見てみないことには分かりません」

夜見は身を乗り出していった。

「遠藤さん、今夜、残業できますか？」


ファミレスを出て、時間を潰した明里が問題の時刻の直前に再びビルに戻ると、いつもの黒ずくめに着替えた夜見が待っていた。

エレベーターで四階にあがると、廊下や教室の電気が落とされた薄暗がりの中、一葉がひとり、デスクライトの光で残業している。

夜見が「実際にその男の霊を見てみたい」というので、残ってもらったのだ。

もし残業できなかったり、一葉以外にも職員が残っていた場合は、次の機会を待つつもりだったが、上手い具合にひとりになれたようだ。

一葉は明里たちに気付くと、カウンターの中から出てきて、頭をさげた。

「遅くまですみません」

「もうすぐだな」

夜見が時計を確認して、エレベーターの前に立つ。

すると、上の階に呼ばれたのか、無人のエレベーターがゆっくりと上昇を始めた。

ボタンの上にある階数表示を見ていると、七階で停まったようだ。

しばらくして降りてきたエレベーターが、五階を通過したあたりで、

ドオンッ！


予想していたよりも激しい音が、上の階から聞こえてきて、明里は小さく飛び上がった。

「一応、隠れておこう」

夜見が明里と一葉の背中を押すようにして、エレベーターの横にある、非常階段へと通じるドアの前に移動した。

ここからなら、エレベーターの人の出入りを、斜め後ろから観察できる。

三人が息をひそめていると、扉が開いた気配もないのに、グレーの背広を来た男がスーッと現れた。

明里は思わずあげそうになった悲鳴を、咄嗟《とっさ》に飲み込んだ。

一葉も隣で青い顔をしている。

男は思っていたよりも若く、三十代か、もしかしたら明里とあまり変わらないぐらいかもしれない。

全体的に、ややぼんやりとはしているが、茜の時と同様、その顔も服装もはっきりと見える。

それでも、それが生きている人間ではないということが、感覚で分かった。

男の幽霊は、おりる階を間違ったような表情で、きょろきょろとあたりを見回すと、おぼつかない足取りでガラス戸を通り抜けて、塾の中へと入っていった。

明里たちも、そっとあとからついていく。

夜見によると、おそらく相手の視界に入っても、こちらに気付くことはないだろうということだった。

「経験上、幽霊というのは、あまり複雑な思考を持たないことが多い」

夜見は小声で言った。

「怒っている幽霊は怒っているし、泣いている幽霊は泣きっぱなしだ。だから、今回の幽霊も、何かに戸惑っているなら、こちらに気付く可能性は低いだろう」

幽霊は、誰かを探すように教室をのぞき込むと、すぐにまた別の教室に向かって歩いていく。

そして、突き当たりまでいくと、くるりと方向転換してこちらに戻ってきた。

明里たちが慌てて柱のかげに身を隠すが、男の幽霊はまったく目に入っていない様子で、そのままエレベーターの中へと姿を消した。

一拍置いて、明里と一葉が体中の息をふーっと吐き出す。

夜見が下向きのボタンを押すと、四階で停まったままになっていたエレベーターの扉が、すぐに開いた。

明里は一瞬ビクッとしたが、カゴの中には誰もいなかった。

さっきの幽霊は、完全に消えてしまったようだ。

あと数分で十二時になってしまうので、一葉が戸締りするのを待って、三人はエレベーターで一階におりた。

ビルを出て、駅に向かって歩きながら、夜見は「首吊《くびつ》りか」と呟いた。

「首吊りなんですか？」

明里が聞き返すと、夜見はなんでもないことのように頷いた。

「ああ。首に赤黒い痕があったからな」

明里にはそこまでは見えなかった。

やはり、霊感の違いなのだろうか。

「ただ……死因は首吊りだけじゃないかもしれん」

「え？　どういうことですか？」

また殺人事件だろうか——そんな明里の心を読んだように、

「言っておくが、あの男が自殺したことは間違いないからな」

夜見は明里に向かってそう言うと、一葉の方に向き直った。

「あの幽霊、なんとかしましょうか？」

唐突な申し出に、一葉が目を丸くする。

「できるんですか？」

「保証はできませんが」

「お願いします」

深々と頭をさげる一葉に、

「その代わり——」

夜見はある条件を提示して、幽霊退治を請け負った。


数日後。

明里が仕事から帰って、自分の部屋でのんびりとドラマを見ていると、夜見から電話がかかってきた。

「いまから、この間の塾に来い」

「なんですか、急に。わたしだって忙しいんですよ」

時計を見ると、もう十一時過ぎだ。

なんの前置きもない、突然の命令に、明里はさすがに反論したが、

「どうせビールでも飲みながら恋愛ドラマでも見てるんだろ。そんなことより、男の霊が現れる時間に間に合うように来いよ」

監視カメラでもあるんじゃないかというくらい、見事に言い当てられて、言葉を失っている間に、一方的に切られてしまった。

仕方なく、急いで着替えて駆けつけると、ビルの前で夜見が不機嫌そうな顔をして待っていた。

「遅い」

「仕方ないでしょう。これでも大急ぎで……」

「元はといえば、お前が勝手に引き受けてきた案件だろう」

夜見の台詞に、ぐっと言葉に詰まっている間に、夜見はくるっと背中を向けて、ビルの中へと入っていった。

「何か分かったんですか？」

「来れば分かる」

夜見はポケットから取り出した懐中時計をチラッと見ると、左側のエレベーターに乗り込んで、〈7〉のボタンを押した。

「え？　七階？」

七階といえば、不動産屋が入っているフロアだ。

「調査が終わったからな。さっさと片付けるぞ」

「調査？」

明里はまた聞き返すが、やはり何の返事もないまま、エレベーターは七階に到着した。

扉が開くと、不動産屋はシャッターで閉ざされていた。

このビルはフロアごとに、エレベーターとガラス戸の間にシャッターがおりるようになっていて、最後に帰る人は、戸締りをしてからシャッターをおろして帰る。

つまり、七階には誰もいないということだ。

それなのに、このフロアになんの用だろうと思っていた明里の目の前に、男の幽霊がなんの前触れもなく、シャッターを通り抜けて現れた。

「きゃあっ！」

明里が悲鳴をあげて、箱の一番奥まで飛びずさる。

男は明里たちには見向きもせずに〈1〉のボタンを押すと、なぜかカゴの奥を向いたまま、背中を扉にぴったりとつけた。

エレベーターの乗り方としては、かなり変わっている。

明里がカゴの隅に身を寄せて震えていると、エレベーターが動き出した瞬間、男の体がスーッと浮かび上がった。

そして、ゴン、と音を立てて、天井に頭を打ち付けたかと思うと、その直後、

ガアンッ！


大きなハンマーで扉を殴ったような音が頭上から聞こえて、エレベーターが大きく揺れた。

明里がまた悲鳴をあげて、その場にしゃがみこむ。

ガガガガガ、とエレベーターが何かにひっかかっているような音と振動がしばらく続いていたが、やがてそれもおさまり、ふと見上げると、男は扉に背中をつけて、エレベーターの天井付近で首を吊っていた。

目と舌は飛び出し、首はちぎれんばかりに絞られていて、首吊りというよりも、怪物に縊《くび》り殺されたようだ。

そのあまりにも恐ろしい形相に、明里が息もできずにいると、首を吊った男の姿はじょ

じょに薄れていって、入れ替わるように、扉の前でぼんやりと立ち尽くす男の姿が現れた。

扉の上の階数表示を見上げると、エレベーターはいつの間にか、四階に停まっている。

扉を開けずに出ていこうとする男の耳元で、夜見が素早く何かを囁いた。

男がハッとしたような表情を浮かべる。

何を言ったんだろう、と思っていると、男は怒りの表情を浮かべながら、スーッと上昇して、そのまま天井を通り抜けて消えてしまった。

明里が呆然としていると、夜見が振り返って言った。

「帰るぞ」


翌日。

昨夜の出来事で疲れ果てた明里が、休みをいいことに家でごろごろしながら、ドラマの続きを見逃し配信で見ていると、チャイムが鳴った。

ネット注文の化粧品が届いたのかなと思って、ドアスコープをのぞくと、そこには真っ黒な格好をした夜見が立っていた。

「どうしたんですか」

明里が驚いてドアを開けると、

「昨日言われた通り、説明しに来てやったんだ」

夜見はそう言って、勝手に部屋にあがろうとした。

「ちょ……ちょっと待ってください」

そういえば、昨日の別れ際、「なにがどうなってるのか、ちゃんと説明してくださいね」と言った気がする。

「来るなら連絡ぐらい……」

「散らかるほど、ものもないだろう。あがるぞ」

夜見は明里を押しのけて、強引に部屋に入ると、

「ああ、そうだ。一緒に説明するから、遠藤さんも呼んで来てくれ」

一方的に命令して、部屋の主のようにどかっと腰をおろした。

知り合ってから、まだわずか二週間程だが、言い争っても無駄なことを学習した明里は、

「部屋のものには触らないでくださいね」

夜見に釘《くぎ》をさしてから、一葉を呼びにいった。

さいわい一葉は部屋にいたので、事情を話してつれて来ると、三人でローテーブルを囲む。

明里が淹《い》れたお茶を一口飲んで、夜見が話し出した。

「あの男は、やはり七階の不動産屋の社員だったようだ」

上村刑事に調べてもらったところ、いまから八か月程前に、エレベーターで首吊り自殺をした社員がいたことが分かった。

「でも、どうしてエレベーターで自殺なんか……」

一葉の疑問に、夜見が答えた。

「ところが、そいつにとっては、七階で首を吊ったことになるんだ」

「どういうことですか？」

明里がたずねると、夜見は今度は明里に向き直った。

「エレベーターで首を吊るとしたら、縄はどこにかける？」

明里はエレベーターの構造を思い浮かべた。

天井に照明や排気口がついていることもあるが、基本的にはのっぺりとした金属のカゴで、首吊りに向いているとは言い難い。

そこまで考えて、明里は「あっ」と声をあげた。

「あの七階の机……」

「そうだ」

夜見はわずかに顔をしかめてみせた。

「男は七階にある自分のデスクに縄を縛り付けると、その先に輪っかをつくって首に巻いてから、エレベーターに乗ったんだ。

エレベーターのドアは、異物を検知すると閉じないようにはなっているが、それにはある程度の厚みが必要になる。だから、例えば糸のように細かったり、平べったい縄を使えば、首吊りの縄を通した状態でエレベーターを動かすことも不可能ではない」

男は準備を整えると、一階のボタンを押した。

エレベーターは下降するが、縄は七階の机に繋《つな》がっているので、エレベーターの天井が七階の床を通過した時点で、男の体はじょじょに吊り上げられていく。

そして、天井に激突すると、今度は男の首が机を引っ張る形になって……。

あの音は、男の首にかかった縄に引き寄せられた机が、七階のエレベーターの扉に激突する音だったのだ。

「首吊りは、窒息する前に首の骨が折れて死に至る場合もある。今回は天井への激突もあったから、かなりの衝撃だっただろうな」

はじめに男の霊を見た時、夜見の目には、異常に締め付けられた首と、後頭部の激しい打撲痕が見えたらしい。

「ロープの長さが仮に六メートルだとすると、七階の床から六メートル下まで届くことになる。フロアと床の厚さを考えれば、だいたい四階の天井付近になるんじゃないか？」

その壮絶な光景を想像したのだろう、一葉は真っ青になっていた。

その後、綱引き状態になったエレベーターは、男の首がちぎれる前に異常を検知して停止した。

四階で絶命した男は、もともとは自分の職場に恨みがあって自殺をはかったのだが、死んだ瞬間のショックで本来の目的を忘れてしまい、四階をうろつきまわっていたのだ。

「でも、どうして塾のみんなはそのことについて、何も言わないんでしょうか」

一葉が聞いた。

たしかに、これほど大きな事件があれば、塾に勤めている人たちが知らないわけがない。それなのに、誰も一葉にそのことを伝えようとしなかった。

どうしてだろう、と明里が考えていると、

「知らないんだろ」

夜見は当たり前のように答えた。

「調べてみると、あのビルのオーナーは、不動産屋のオーナーと同一人物だった」

明里と一葉は驚いて、顔を見合わせた。

「エレベーターの異常を知って駆けつけた警備員は、死体を発見すると、すぐにオーナーと警察に連絡をした。

連絡を受けたオーナーは、エレベーターを封鎖して、ほかのフロアにはエレベーターの不具合だけを伝え、死人が出たことは隠し通したんだ。

だから、不動産会社の幹部と警備会社、あとは警察ぐらいしか、この件は知らないだろうな」

そして不動産屋では、詳しい事情を聞かされていない社員たちの間で、夜中に机の幽霊が出ると噂になっていたわけだ。

「まあ、不動産屋の管理職なんかは、何の音か分かっているだろうけど、会社を恨んでる社員の幽霊が、直接現れるわけじゃないしな」

夜見が上村から得た情報によると、自殺した男は営業職だったが、ノルマが達成できなかったことから、見せしめとして数週間にわたり、一日中事務所で意味のない単純作業をさせられていたらしい。

その結果、ノイローゼのようになって自殺を決心したのだが、ただ首を吊るのではなく、会社がオーナーとなっているこのビルを騒ぎに巻き込み、ビル全体を事故物件にしてしまいたいと考えて、エレベーターでの首吊りを試みた、というのが警察の出した結論だった。

ところが、死亡した時のショックが大きすぎて、自分が何故自殺したのか分からなくなってしまい、たまたまエレベーターが停止した四階をうろついていたのだ。

「あの……昨夜、幽霊に何を言ったんですか？」

四階に向かおうとしていた幽霊に、夜見が一言囁くと、幽霊は何かに気付いた様子で浮かび上がっていった。

もしかして、成仏したのだろうか、と明里が思っていると、

「きみのいるべきところはここじゃない。七階だよって教えてやったんだ」

夜見は平然と答えた。

「ぼくの声を聞いて、思い出したような顔をしてたから、今晩から七階に出るんじゃないかな」

「ありがとうございました」

一葉は安心した様子で頭をさげた。

ちなみに、今回の件の見返りとして、一葉からは、塾に通う子どもたちから聞いた怪談や都市伝説を教えてもらうという約束を交わしていた。

一葉が自分の部屋に帰ると、明里は夜見に聞いた。

「そういえば、昨夜はどうしてわたしを連れていったんですか？」

明里がいなくても、解決に影響はなかったはずだ。

「反応が見たくてね」

「反応？」

意味が分からず、明里は聞き返した。

「おれは真相を知ってるから、驚いたり怖がったりできない。だけど、実話怪談には、体験者の素直な反応が必要なんだ」

要するに、幽霊を見て怖がる素人のリアクションを観察するために呼ばれた、ということのようだ。

「でも、思ったよりもベタな反応だったからな……今度は何か口実をつくって、夜中に七階にいってみてくれないか？」

「絶対に嫌です」

明里は力を込めて断った。

「だいたい、あの幽霊、そのままにしておいていいんですか？」

幽霊は出るフロアを変えただけで、成仏したわけでも、ビルから出ていったわけでもないのだ。

「お祓《はら》いはできないって言ってるだろ。それに、かわいそうじゃないか」

「かわいそう？」

「ああ。せっかく、あんな方法まで使って自殺したのに、本当に恨んでいる相手には、いままで何もできなかったんだ。だから、しばらく好きにさせてやろう」

夜見はそう言うと、ニヤリと笑った。

第三話　ついてくる

「あれ？　行き止まり？」

ビルの背面に囲まれた袋小路を前に、明里《あかり》は足を止めて、美佳《みか》を振り返った。

「ほら、やっぱりさっきのところを右だったんだって。いくよ」

さっさと踵《きびす》を返して、スタスタと歩き出す美佳のあとを、慌てて追いかける。

あたりはすっかり暗くなり、秋の夜風が明里の髪を撫《な》でていった。

飲食店が立ち並ぶ賑《にぎ》やかな通りに出ると、すでに一軒目を終えたらしい集団が、大声をあげながらすれ違っていく。

明里はスマホを取り出して、現在地をたしかめた。

目的のビルは、明里たちがいま立っている場所から、ビルをはさんで反対側にあるはずなのだが、さっきから目的地を中心にして、ぐるぐると回り続けている気がする。

チケットには駅から徒歩五分と書いてあるのに、もう十分以上歩き続けていた。

考えてみれば、自分のことを使い走りとしか思っていない夜見《よみ》が、二千円もするチケットを、ただで二枚もくれるなんて不自然だ。

これはもしかしたら、念の入ったいたずらか嫌がらせの類ではないだろうか……。

深まる人間不信に、明里の顔つきが険しくなってきた時、

「あ、ここじゃない？」

美佳が声をあげて、地下へと続く階段を指さした。

それはさっきから何回も前を通っていた八階建ての雑居ビルで、壁には飲み屋とマッサージ店の名前が並んでいる。

そして、階段の手前にはホワイトボードが置かれ、チラシが貼ってあった。

〈怪談夜話　第十七夜〉

「あ、ほんとだ」

明里はチラシに顔を近づけた。

黒と紫を基調にした暗いチラシに、出演者の顔写真と名前が並んでいる。その中に、斜め下から睨《ね》め上げるようにして、鋭い目つきをこちらに向けている夜見の顔があった。

怪談師としてのキャラ作りなのかもしれないが、実際に言葉を交わしている身としては、普段の性格の悪さが現れているようにしか見えなかった。

「ねえ、早くいこうよ」

美佳が明里の手を引いて、うきうきした足取りで階段をおりていく。

店のガラス戸には、凝った書体の英語で店名が書いてあった。チラシには〈ライブバー・カサノバ〉としっかりカタカナで書かれていたので、なかなか見つけられなかったのだ。

弾むような足取りの美佳とは対照的に、明里はため息をつきながら、店の入り口をくぐった。


「今度の金曜日の夜、あいてるか」

質問の形をとってはいるが、ほぼ決定事項のような口調で夜見が聞いてきたのは、三日前のことだった。

いつものように〈猿の手〉で、集めてきた怪談の報告をして、交渉の結果、四つの怪談を二つ分で引き取らせたところで、夜見が突然オレンジ色のチケットをテーブルの上に置いて、こちらに押し出しながら言ったのだ。

「なんですか、これ」

「怪談会のチケットだ。見たことないだろ」

十七夜という
「ありませんけど……」

明里はおそるおそるチケットを手に取った。イベントのタイトルは〈怪談夜話〉。十七夜ということは、かなり回数を重ねているようだ。場所はここから三駅程のところにある大きな駅の近くで、金曜日の午後七時開場、七時半開演とある。

「一度聞きに来るといい。勉強になるぞ」

「いや、けっこうです」

明里は夜見の台詞に被せるように断って、チケットを押し返した。

「だって、いったら怪談を聞かされるんでしょ？」

「聞かされるとはなんだ」

夜見は眉間にしわを寄せて、ぐっと明里を睨《にら》んだ。

「今回は十七夜を記念して、人気の怪談師たちが一堂に会する、特別な怪談会なんだぞ」

夜見の迫力に、明里は思わずのけぞった。

たしかに顔立ちは整っているし、声もいい。舞台で喋《しゃべ》る姿を目当てに来る客もいるだろう。

だけど、ほとんど毎週のように顔を合わせている相手に、お金を払ってまで会いにいきたいとは思えなかった。

「それに、そんなお金ありません」

紆余曲折《うよきょくせつ》あって、家賃はずいぶん安くしてもらっているが、やはりいずれは違うアパートに引っ越したいと思っているので、その費用を溜《た》めることを考えると、あまり余裕はなかった。

チケットには前売り二千円、当日二千五百円とあるが、お金をもらうならまだしも、どうしてお金を払ってまで、怖い話を聞きにいかなければならないのか。

明里が引っ込めた手を、膝の上でかたく握りしめていると、

「大丈夫だ。金はいらない」

夜見はニヤリと笑って、さらにチケットをもう一枚、テーブルの上に重ねた。

「二枚やるから、彼氏か友だちでも誘ってこい」

離婚が成立したばかりの身に、彼氏なんかいるわけがない。

「大きなお世話です」

夜見の棘《とげ》のある台詞に言い返しながらも、明里の頭には、美佳の顔が浮かんでいた。

元はといえば、夜見のことを知っていて、明里に教えたのは美佳だった。怖い話も嫌いじゃないみたいだし、美佳なら喜んでくれるかもしれない。

明里は結局、チケットを受け取ることにしたのだった——。

会場に入ると、中は小さな劇場のようになっていた。奥には平台と呼ばれる平たい木箱で舞台が組まれ、その前には、ざっと数えたところ百脚近くのパイプ椅子が並んでいる。

明里は学生時代、友だちに誘われて一度だけ見にいったアマチュア劇団の公演を思い出した。

席はすべて自由らしく、明里と美佳は前から三列目の下手端に、並んで腰をおろした。

薄暗い会場を見回すと、客席は八割ほどが埋まっていた。若い女性が多いようだ。

「みんな、どうしてわざわざお金まで払って、怪談なんか聞きにくるんだろ……」

理解できないという顔の明里に、

「お化け屋敷に入ったり、ホラー映画を見たりするのと同じよ。思いっきり怖がることが、ストレス解消になるの」

美佳はそう言って笑った。

それじゃあ、怪談のせいでストレスを溜めているわたしはどうしたらいいのよ、と明里が思っていると、場内の照明がじょじょに暗くなっていった。

同時に、かすかに流れていたBGMが、一気に大きくなる。

そして、場内が真っ暗になったかと思うと、パッとステージにスポットライトが当たった。

「みなさん、〈怪談夜話〉にようこそお越しくださいました」

スーツ姿の恰幅《かっぷく》のいい男性が、マイクを手に上手から現れる。

明里は入り口でもらったチラシを見た。どうやら彼が、この怪談会の主催者兼司会者、怪談作家の裏井戸奈落《うらいどならく》のようだ。

奈落は慣れた口調で開演の口上と注意事項を述べると、

「それでは、恐怖の一夜をお楽しみください」

意味ありげに唇の端を上げて、袖へと引っ込んだ。

舞台が一度暗転して、次にライトがつくと、舞台中央に椅子が置いてあって、白いブラウスと黒のロングスカートの若い女性が座っていた。

「みなさん、こんばんは」

女性は落ち着いた口調で、自己紹介を始めた。ご当地アイドルグループのメンバーで、普段はイベント会場でライブをしたり、動画を配信したりしているらしい。

彼女は大きく息を吸い込むと、ゆっくりとした口調で語り始めた。

「これは、わたしが去年、実際に体験したお話です――」

それは、彼女が地方のテレビ局で心霊番組のロケにいった時の話だった。

そこは心霊スポットとして有名な山奥の廃墟《はいきょ》で、彼女は自撮り用の小型カメラと懐中電灯だけを持って、ひとりで撮影にいかされたらしい。

暗い中、ギシギシと鳴る床板や、突然聞こえてくる獣の鳴き声に、おおげさな悲鳴をあげながら、彼女はなんとか撮影を終えて、スタッフの待つ車へと戻った。

ロケバスの中で映像を確認して、テレビ局に帰ろうとすると、なんだか寒気がして、体中が重たく感じられる。まるで、背中に巨大な氷が乗っているみたいだ。

おかしいと思った彼女が、スタッフに相談すると、翌日、ロケに参加したスタッフ全員で、有名な霊能者の元を訪れることになった。

「――その霊能者、関西の人だったんですけどね、わたしの顔を見るなり、

『あかんあかん。そんなにようさんつれて帰ってきたら、あんた、早死にするで』

と言ったんです。

まさか、そんなこと言われると思ってなかったので、わたし、もうほんとにびっくりして、

『なんとかしてください』

って、お願いしました。

だけど、その霊能者の人は顔を真っ青にして、

『これはわたしの手には負われへん。悪いけど、帰ってくれるか』

そう言って、難しい顔で首を振り続けているんです」

アイドルの淡々とした声だけが、暗い場内に響いている。

「わたしがロケにいった廃墟は、たしかに昔、殺人事件があったということになっていたんですけど、それはテレビ用の作り話で、本当は誰も死んでないはずなんです。

だから、わたしはその霊能者に聞きました。

『本当に、わたしにそんなにたくさんの霊がついてるんですか？』

すると、霊能者は一瞬言葉を失ったみたいにきょとんとすると、小刻みに首を振って、ゆっくりと腕をあげました」

そう言いながら、アイドルは右腕をゆっくりとあげて、会場の後ろを指さすと、いままでよりもいっそう低い声で言った。

「『違う違う。あんたやない。とりついてるのは、あんたの後ろのあの男や』

振り返ると、そこには付き添いで来ていた番組のディレクターが、真っ青な顔をして座っていました。

そのディレクターは、いままで心霊番組をいくつも手掛けてきたので、あちこちの心霊スポットからつれてきたのでしょう。その後、彼は原因不明の吐血で入院しました。いまはテレビ局を辞めて、地元で家業を継いでいるそうです」

話をしめくくって、彼女が深く頭をさげると、同時に舞台がゆっくりと暗くなって、会場から拍手が起こった。

気が付くと、いつのまにかわたしも拍手をしていた。

怪談が好きなわけではなかったけど、こうして実際に聞いてみると、思ったよりも面白かった。

次に舞台が明るくなると、ジーンズにチェックのシャツを着た若い男性が、舞台中央にぽつんと立っていた。

黒縁眼鏡の奥の目が泳いでいて、舞台慣れしていないのは明らかだ。

上手から奈落が再び現れて、昼間に行われた予選会で勝ち抜いた、アマチュアの大学生だと紹介する。

「予選会？」

思わず呟《つぶや》く明里に、

「最近、多いみたいよ」

美佳が小声で教えてくれた。

なんでも、怪談師を目指す人が増えていて、アマチュアの参加できる大会が、各地で行われているのだそうだ。

明里は唖然《あぜん》とするしかなかった。怪談を語る仕事が存在するというだけでも理解できないのに、それを目指す人が増えているなんて……。

「ぼく、実家がお寺なんですけど……」

暗い声に明里が顔をあげると、舞台の上では椅子に腰をおろした大学生が、陰気な雰囲気そのままの、陰気な口調で話し出した。

「あれは、ぼくが小学五年生の時のことでした。

その日は、両親とも仕事でいなくて、当時住職をしていた祖父は法事で別のお寺に、祖母は買い物に出かけていました」

さっきのアイドルに比べると、ややたどたどしい話し方だが、実話っぽい雰囲気を出すためのテクニックかもしれない。

「ぼくがひとりで留守番をしていると、玄関の方から、

『ごめんください』

と声がしました。

田舎のお寺なので、玄関の戸は開きっぱなしになっています。

見にいくと、小柄なおばあさんが三和土《たたき》に立っていました。誰かな、と思っていると、おばあさんは、町にある電器屋の名前を口にして、

『明日、よろしくお願いします』

そう言うと、深々と頭をさげて、スーッと消えてしまったんです。

ぼくがびっくりしていると、ちょうどそこに祖父が帰ってきました。

祖父は、ぼくの話を聞いて、

「そうか。だったら、準備をしておかないといけないな」

　と言いました。

　それを聞いて、ぼくは、あのおばあさんは自分の死期が分かっていて、お寺に挨拶にきた生霊のようなものだと思いました。

　そして、次の日。お寺に電器屋のご主人がきて、祖父にこう言いました。

『父が亡くなりました』

　それを聞いて、ぼくは、あれ？　と思いました。

　亡くなったのは、あのおばあさんではなかったのです」

　彼はそこでいったん言葉を切ると、ゆっくりと深呼吸をしてから、また話を再開した。

「お葬式の準備を手伝いながら、話を聞いてみると、亡くなった方の奥さんは、もう何年も前に亡くなっていたそうです。

　だから、もしかしたらあのおばあさんは、亡くなった方の奥さんで、旦那さんのことをよろしくお願いしますと、あの世から言いにきたのかな——当時のぼくは、そんな風に思っていました」

　それから数年後。高校生になった彼は、入院中の友達を見舞いにいった病院で、またあのおばあさんを見かけた。

　ストレッチャーで運ばれていく患者さんのあとを、足も動かさず、滑るようにスーッと追いかけていったのだそうだ。

「それ以来、あのおばあさんの姿は見ていません。だけど、もしかしたら、あのおばあさんは死神のような存在で、人の死を伝えたり、見届けたりするために、いまもどこかにあらわれているんじゃないか――そんな風に思います」

話を終えて、頭をさげる彼の姿に、客席から拍手が送られた。

いまの話はそんなに怖くなかったし、こういう話が続くなら、リラックスして聞けそうだな、と明里が思っていると、突然赤や紫のピンスポットがパッとついて、舞台を鮮やかに照らし出した。

しかし、明里はその派手な演出よりも、舞台に現れた出演者の格好に、目を見開いた。

長い金髪に、真っ白なスーツ。カラコンを入れているのか、左右の瞳は青と緑に染まっている。

顔には濃いメイクをしていて、まるでビジュアル系バンドのボーカルのようだ。

「お前ら、待たせたな！　怪談の貴公子、怪談王子だ」

まじか、と明里は呻《うめ》いた。

なんとか王子という名称はたまに目にするが、自分で言う人は初めて見たし、そもそも貴公子と王子がかぶっていて、センス以前に日本語能力がやばい。

それでも、客席の一部からは歓声があがっていた。

もっとも、その中に野太い声で「待ってました！」という、野次とも声援ともつかないものも混じっているところを見ると、どうやらイケメンというより、色物としての固定ファンがついているようだ。

王子が客席をなだめるように手をあげると、歓声がやんで、舞台の照明がスッと落ちた。ぼんやりとしたスポットライトだけが、王子を照らし出している。

どうやら、立ったままで怪談を語るようだ。

「これは、ぼくの友人でもあるバンドマンのTくんから聞いた話だ」

小さなマイクを胸元に付けているのか、王子は手振りをまじえながら、意外とまともな口調で語り始めた。

「ある日、ライブ終わりにメンバーやスタッフと打ち上げをしていたTくんは、二軒目に入ったバーで、一人の女の子に声をかけられた。

そして、そこですっかり意気投合すると、Tくんは彼女と二人で店を出た。

別の店で少し飲み直してから、近くのホテルに誘おうと思っていたのだが、展開はTくんの予想外のものとなった。

彼女の方から、少し休みたいと誘ってきたのだ。

もちろんTくんに異存はない。

さっそくホテルを探して歩き出す。

ところが、週末の遅い時間のせいか、どこも満室だ。

ぼくと違って、めったに女性にもてることのないTくんは、じょじょに焦り始めた。

このままだと、彼女は気が変わって帰ってしまうかもしれない。

すると、彼女の方から、飲み屋街を少し離れたところにいいホテルがあると言い出した」

王子は狭い舞台を左右に歩き回りながら、テンポ良く語り続けた。

時折、急に足を止めて、客席に身を乗り出すような仕草を見せる。

見た目は派手だけど、話は聞きやすいし、立ち居振る舞いも堂々としていて、明里は少し感心した。

「彼女の言うとおりに歩くと、しばらくして、ネオンに彩られたホテルが見えてきた。

しかも、うまい具合に部屋が空いている。

建物が古かったので、あまり期待せずに入ったが、部屋は思ったよりもきれいで、壁紙もカーペットもまるで変えたばかりのように真新しかった。

テンションがあがったTくんは、彼女を抱き寄せて、そのままベッドに倒れこんだ。

その後、行為を終えたTくんは、そのままベッドの上で眠ってしまった。

目を覚ますと、バスルームからシャーッと水音が聞こえてくる。

どうやら、彼女がシャワーを使っているようだ。

体を起こそうとしたTくんは、ふと隣を見て、あれ？　と思った。

彼女の顔が布団の端からのぞいていたのだ。

目を閉じて、静かに寝息をたてている。

誰かが勝手に部屋に入り込んで、シャワーを使っているのか？

たしかめようとTくんがベッドを降りると、同時にシャワーの音が止まった。

ギイィ……。

バスルームのドアが開いて、現れたのは、首から上がすっぱりと切り取られた、裸の女の体だった。

首からは真っ赤な血が、まるで噴水のように噴き出して、体を赤く染めている」

王子は台詞に力をこめると、血が噴き出す様子を手振りで表現しながら、たたみかけるように語り続けた。

「突然の出来事に、Tくんは混乱した。この部屋にいるのは自分と彼女だけだが、その彼女は隣で寝息をたてている。

Tくんがパッと振り返ると、ベッドの上では彼女の首だけが、シーツの上に立った状態で、ぱっちりと目を見開いて、ケタケタケタケタケタと笑っていた。

また振り返ると、首のない女がすぐ目の前まで迫っている。生暖かい血が、Tくんの顔に降り注ぐ。後ろからはケタケタケタケタという笑い声……。

Tくんはそのまま、気を失ってしまった。

次にTくんが目を覚ますと、入った時とは全然違う、ボロボロの廃墟みたいな部屋のベッドの上で、ひとりで寝ていたらしい。慌ててフロントに駆けこむと、その部屋は半年前に殺人事件があったので閉鎖していると言われたそうだ。

後日、Tくんが打ち上げで一緒だったメンバーにこの話をすると、

『おかしいと思ってたんだよ』

そのメンバーは言った。

『なにがだよ』

Tくんが聞くと、そのメンバーはこう言ったそうだ。

『だって、お前、あの店でずっと一人で喋ってたからさ』」

王子はそこで言葉を切ると、指を一本立てて、客席にニヤリと笑いかけた。

「みなさんも、危険な女には、近づかない方がいいですよ」

台詞と同時に、パッと照明が消える。

どうやら、それが彼の決め台詞のようだ。

拍手をしながら、怪談師もキャラをつくらないとやっていけないのかな、と明里が少し同情した気持ちになっていると、舞台が明るくなって、着物姿の女性が現れた。

チラシの肩書には〈元落語家〉とある。

女性は椅子に座って、深々と頭をさげてから話し始めた。

彼女の元を訪れた、ある女性が語ったという怪談を聞きながら明里は、どうして夜見は怪談師なんかやってるんだろう、と思った。

怪談師なんか、という言い方は失礼かもしれないが、普通はあまり目指そうとする職業ではない。

たしかに、彼には霊感はあるようだが、夜見自身、それをメリットとしてはとらえていないようで、ことあるごとに、

「霊感のあまりない人間の、正直な感想が見たいんだ」

と言っては、明里を心霊スポットに連れ出そうとする。

そこで怖い思いや危険な目にあって助けを求めると、夜見が恩着せがましく助けて、その対価を新しい怪談で要求する――という負のスパイラルがいつのまにかできあがっていて、いまでは怪談八話分の負債を抱えていた。

単独ライブが控えているので、ネタはいくらでも欲しいらしい。

アパートの霊も、学習塾の一件も、解決してくれたことには感謝してるけど……。

（ほんと、性格悪いなあ……）

明里が頭の中で夜見への愚痴を呟いているうちに、女性の怪談は終わっていた。

舞台が暗転して、すぐにまた明転すると、いつのまにか椅子には夜見が座っていた。

いつもと同じ、黒いシャツに黒いジャケット、黒のズボン。

それに加えて、今日は黒いシルクハットまでかぶっている。

派手な化粧をしているわけではないのに、思わず目を奪われるその容姿に、言葉を失っている明里の隣で、美佳がはぁ、と吐息をついた。

「やっぱりかっこいいね」

「そうかな」

素直にそれを認めるのが悔しくて、明里が口をわずかにとがらせた時、夜見が口を開いた。

「みなさん、こんばんは。怪談師の夜見と申します」

高すぎることも低すぎることもない、まるで体温と同じで、触れていることにも気付かせないような自然な声が、耳から流れこんでくる。

夜見が話し始めたのは、明里が提供した、アパートの隣にあるコインパーキングの怪談だった。

ある蒸し暑い夏の日の夜。近くの神社のお祭りに参加するため、一組の男女があるコインパーキングに車を停めた。

祭りを楽しんで戻ってきた二人が、運転席と助手席に乗り込んで、車を発進させようとした時――。

「バックミラーに、黒い人影が映ったような気がして、男性は振り返りました。そして、ひっ、と息を吸い込むような音をたてて、そのまま固まってしまいました。助手席の女性が、その様子に気付いて、同じように振り返り、大きな声で悲鳴をあげました。

後部座席に、まるで吸い込まれそうなくらいに真っ黒な人影が座っていたのです。次の瞬間、二人は同時に車を飛び出して、走って逃げました。そのまま朝方までファミレスで過ごし、明るくなってから戻ってみると、その黒い人影は消えていたということです」

その後、男性は気味が悪くなって、車を売ってしまったので、その人影が車についたものなのか、場所についたものなのかは分からない、と話をしめくくった夜見は、

「この人たちの場合は、車が停まっている時に人影が現れたので、逃げだすことができましたが……」

と続けると、また別の怪談を語り始めた。

「こちらも、あるカップルの話です。

大学生の彼らは、ある日、若者に人気のテーマパークに車で遊びに出かけました」

夜見は鋭い視線で会場全体を見回した。

「テーマパークを十分に楽しんだカップルは、陽が沈みだしたころ、帰路につきましたが、

高速道路にさしかかったところで、渋滞に巻き込まれてしまいました。

どうやら、大きな事故があったようです。

トロトロと進むうちに、前方に事故処理の現場が見えてきて、助手席の彼女は、

『うわあ……』

と顔をこわばらせました。

真っ黒に燃え尽きた車体の残骸が道路の端に寄せられ、そのかたわらには青いビニールシートが、丁度人の大きさぐらいに膨らんでいたのです。

車は、事故現場の横をゆっくりと通り過ぎていきます。

かろうじて分かる車種は、いま二人が乗っているのと同じもので、もしかしたら乗っていたのも、若いカップルだったかもしれない。

そう思うと、なんだかかわいそうに思えてきて、彼女はそっと手を合わせました。

すると、彼氏はそんな彼女を見て、嫌そうに顔をしかめました」

語りながら、夜見も嫌そうに顔をしかめてみせた。

王子や元落語家の女性も喋りは上手かったけれど、夜見の語り口はまるで催眠術のように、喋る速度や間、声のトーンや抑揚が計算されていて、いつも接しているはずの明里まで、その語りに飲み込まれていった。

「『やめとけよ』

と言う彼氏に、

『どうして？』

かわいそうじゃない、そう彼女が口にしようとした時——ぞぞぞっ！」

突然の大きな声に、会場から「ひっ」という悲鳴がいくつかあがる。

「ひどい寒気がしたので、おそるおそる振り返ると、そこには真っ黒な二つの人影が、後部座席に並んで座っていました。体のあちこちは焼けただれていますが、どうやら男性と女性のようです」

夜見の語りがだんだん早口になる。

「とたんに、車内にムッとするような異臭が漂う。それはガソリンの臭いと、肉が焼けたような臭い。彼女は悲鳴をあげることも、目を逸《そ》らすこともできず、振り返った姿勢のまま、あわあわと意味のない声を漏らしている。運転している彼氏はというと、目に涙を浮かべながら、口の中で念仏を唱えている。

二つの人影は、それぞれスーッと前のめりになると、彼氏と彼女の背中におおいかぶさった。女性らしき方の人影が、彼女の耳元で、

『たすけて……』

と囁く。

彼氏の方にも、男性らしき人影がもたれかかる。

事故現場を抜けて、車の速度は上がっていくが、ハンドルを握る彼氏の腕はガタガタと震えている。前方にはカーブ注意の標識。車はぐんぐんと速度をあげていく。彼氏の腕は、金縛りにあったように動かない。この速度で外壁につっこめば、車はさっきの残骸と同じ運命をたどるだろう。彼氏がアクセルからなんとか足を引きはがそうとしていると、

パァンッ!


ルームミラーに下げてあったお守りが、いきなり破裂した。

同時に金縛りが解けた彼氏が、ブレーキを踏んで速度を落とし、慎重にハンドルを操作する。

そのまま十分程走って、パーキングエリアに車を停めたところで、二人はやっと大きく息を吐き出したそうです」

夜見が口を閉じると、会場のあちこちから、詰めていた息を吐き出す音が聞こえてきた。

充分に間を置いてから、夜見が語りを再開する。

「車内には、ビリビリに破れたお守りの袋がちらばっています。

真っ青な顔でブルブルと震えている彼女に向かって、彼氏はたしなめるような口調でこう言いました。

『ああいうところでは、手を合わせたりしない方がいい。こっちが同情してるところを見せると、ついてきちゃうんだ』」

そこまで話すと、夜見は少し前かがみになっていた姿勢をまっすぐにのばして、会場全体を見わたしながら続けた。

「死というものは、当たり前のことですが、人生最大のショックな出来事です。死者はその衝撃ゆえに、何も考えられなくなって、最後の記憶だけを頼りに行動することも多いようです。だから、例えばこの怪談会に来る途中で亡くなった人が、あなたの隣に座っている、なんてことも……」

開場のどこかで、ヒッ、と短く悲鳴があがった。

なんとなくざわざわした雰囲気の中、夜見はニコリと笑うと、立ち上がって一礼した。

一拍あいて、拍手が起こる。

それは、この夜一番の大きな拍手だった。

夜見の語りが終わった後は、十分間の休憩を挟んで、視界の奈落とアイドル、そして王子の三人で、怪談にまつわるフリートークが始まった。

アイドルは、子どものころの心霊体験を、王子は昔付き合っていた女性と肝試しにいった時の話を披露した。

それぞれの話に奈落が突っ込みを入れつつ、連鎖するようにちょっとした怪談をつけ加えていく。

フリートークが終わると、最後に奈落が少し長めの怪談を語って、怪談夜話は終了した。

演者が舞台に並んで一礼したのを合図に、BGMが大きくなって、舞台が暗くなる。

次に照明が点いた時には、会場全体が明るくなっていた。

「面白かったね」

美佳が興奮した様子で、明里に声をかける。

「そうだね」

ライトのまぶしさに目を細めながら、明里は素直に頷《うなず》いた。

どの語り手も上手で、思ったよりも楽しめた。

美佳も喜んでくれたみたいだし、悔しいけど、これはチケットをくれたことを感謝しないといけないな、と思いながら、明里が帰ろうとすると、

「夜見さんに会わせてください」

という声が聞こえてきた。

反射的に足を止めると、アンケートを回収している受付の前で、ショートカットの髪を明るい栗色《くりいろ》に染めた女性が、真剣な表情でスタッフの女の子に詰め寄っていた。

「差し入れでしたら、こちでお預かりいたしますので……」

「そうじゃなくて、直接会って話がしたいんです」

女性はいまにもスタッフを押しのけそうな勢いだ。

困惑しているスタッフを見かねた明里は、「ごめん。ちょっと待ってて」と美佳に断ると、女性に声をかけた。

「あの……どうされました？」

振り返った女性が、咎《とが》められると思ったのか、険しい表情を明里に向ける。

「あんた、だれ？」

「わたしは夜見さんの助手……みたいなものですけど……」

明里がそう言ったとたん、女性の態度がパッと変わった。

「そうなんですか？　だったら、夜見さんに会わせてもらえませんか？　わたし、どうしても聞いてほしい話があるんです」

「話？　怪談ですか？」

しばらく助手のようなことをやってみて分かったのだが、あの外見なので、夜見本人を目当てに怪談を持ち込んでくる女性は少なくない。

そのほとんどは、どこかで聞いたことのあるような話だったり、金縛りにあっただけの、夜見曰《いわ》く「使えない」話ばかりなのだが、明里は直感で、目の前の女性に、ほかの人とは違う熱意を感じた。

「夜見さんに聞いてみるので、少しお待ちいただけますか？」

明里は女性にそう言うと、美佳の方を振り返って、顔の前で両手を合わせた。

「ごめんね。この後、飲みにいこうと思ってたんだけど……」

「いいよ、いいよ」

美佳は笑って、顔の前で手をひらひらと振った。

「それより、もうすっかり怪談師の助手だね」

「やめてよ」

明里は顔をしかめて美佳と別れると、スタッフに夜見の名刺を見せて、楽屋へと通してもらった。

楽屋は本番が終わったあとの解放感に包まれていた。

王子はジャケットを脱いで、椅子の背もたれにぐったりと体をあずけ、女性落語家は電子タバコをくわえている。

予選から勝ち上がった大学生が奈落にサインをもらっている奥で、夜見は舞台上とまったく同じ格好のまま、腕を組んで目を閉じていた。

「夜見さん」

明里が声をかけると、夜見は顔を上げて、夢から醒《さ》めたような目で明里を見上げた。

「ああ……どうした？　サインでももらいにきたのか？」

「違います」

明里はばっさりと否定して、受付に怪談を聞いてほしいという女性が来ていると話した。

「だったら、代わりに聞いておいてくれ」

夜見は立ち上がると、大きく伸びをした。

「これから、打ち上げなんだ」

「はあ……」

明里は間の抜けた返事をした。夜見が「かんぱーい」とか言いながら、わいわいやっている姿が想像できなかったからだ。

使えない話だったとしても、怪談ひとつ分にカウントする、という条件を引き出して受付に戻ると、客はほとんど帰ってしまい、さっきの女性が不安げな様子でぽつんと待っていた。

「夜見はちょっと外せない用事があるので、まずはわたしがお話をうかがってもいいですか？」

女性に了解を得て、店を出ると、向かいにあった深夜営業のカフェに入る。

飲み物を手に、窓際のテーブルで向かい合うと、あらためて自己紹介を交わした。

「西野《にしの》明里といいます。夜見さんの怪談収集のお手伝いをしています」

「峰岸祐奈《みねぎしゆうな》です」

祐奈はコーヒーカップを両手で包んだまま、黙り込んでしまったが、明里はあせることなく相手が話し出すのを待った。

怪談の聞き取りを何度か繰り返しているうちに、こういう時は下手に言葉をはさまず、相手が話し出すのを待った方がいいということを学んでいた。

祐奈はどこから話を切り出そうか迷っている様子だったが、やがて決心したように口を開いた。

「実は、わたし、さっき夜見さんが語っていた話と、同じような体験をしてるんです……」

「さっきの話って……」

「同情したら、ついてきた話です」

祐奈は緊張した顔で、明里を見た。

「わたし、交通事故の現場にお花を供えて、手を合わせてしまったんです」

いまから一週間ほど前のこと。

仕事から帰る途中、祐奈はある交差点の信号機の下に、お菓子やジュースが並べられていることに気が付いた。

よく見ると、信号機の支柱には立て看板がくくりつけられていて、そこには一ヶ月前、この交差点で起きた死亡事故の目撃者を探していますと書かれてあった。

お菓子の隣に、幼稚園児くらいの子どもが読みそうな絵本と、車のおもちゃが置かれているのを見て、祐奈はドキッとした。

事故で亡くなったのは、きっと幼い男の子なのだ。

胸がしめつけられるような気持ちになった祐奈は、近くにあった花屋で小さな花束を買うと、絵本のとなりにお供えして、手を合わせた。

その日の夜。

マンションで一人暮らしをしている祐奈は、人の声が聞こえたような気がして、夜中に目を覚ました。

隣では泊まりに来た彼が、静かに寝息をたてている。

テレビでも消し忘れたかな、と思ってベッドを降りた途端、祐奈の背筋にゾクゾクと寒気がはしった。

ベランダに面したカーテンの前に、小さな人影が見える。

ちょうど、幼稚園児くらいの大きさだ。

「ねえ……ねえ……」

少し舌足らずな声で、祐奈に呼びかけているのは、頭が半分潰れた男の子だった。

「キャーッ！」

　祐奈は悲鳴をあげて、そのまま意識を失ってしまった。

「——体を揺さぶられて目を覚ましたら、彼が心配そうにわたしの顔をのぞきこんでいました」

　祐奈の悲鳴に飛び起きた彼も、頭の潰れた男の子を目撃したらしい。

　つまり、夢ではなかったということだ。

　その後も、毎晩のように男の子の幽霊は現れて、祐奈に呼びかけた。

　困り果てた祐奈が、偶然見つけたのが、今夜の怪談会だったのだ。

　話を聞いていると、どうやら祐奈は、怪談師と霊能者を混同しているようだった。

　つまり、怪談を話すような人なら霊感があって、霊感があるならお祓《はら》いもできるだろう、というわけだ。

　誤解したまま怪談夜話に参加した祐奈だったが、そこで自分の体験と似た話を聞いて、この人だったらなんとかしてくれると思ったらしい。

　思い込みの激しい性格のようだが、自分もお祓いを期待して夜見に連絡を取った過去があるので、明里は祐奈に親近感を覚えた。

「亡くなった子どもは、かわいそうだと思いますけど……。こんなことが続いたら、いま付き合っている彼にも家に来てもらえないし、困るんです」

「それじゃあ、祐奈さんは、その子どもの霊をなんとかして欲しいと……」

「はい」

祐奈は目に力を込めて頷いた。

「うーん……」

明里は唸《うな》った。

高速道路のネタとかぶっているだけに、怪談としては弱いけど、明里はなんとかしてあげたかった。

「だめでしょうか」

不安げに眉を寄せる祐奈に、明里は意を決して言った。

「一度、わたしに現場を見せてもらえませんか？」


「お休みの日に、ごめんなさい」

待ち合わせた駅を出て歩き出すと、祐奈がぺこりと頭をさげた。

「いえいえ、わたしの方こそ、急に押しかけちゃって……」

明里も恐縮して頭をさげ返す。

怪談会の翌日。

ちょうど休日だった明里は、朝から祐奈の住んでいるマンションに向かっていた。

祐奈は飲食店に勤めていて、出勤は午後からで大丈夫らしい。

「その男の子は、昼間は出ないんですか？」

いまにも雨が降り出しそうな空の下を歩きながら明里が聞くと、

「そういえばそうですね……」

祐奈は思案顔で、灰色の空を見上げた。

「たしかに、夜中以外は見てません」

篠崎茜《しのざきあかね》の幽霊は、毎晩死亡時刻に現れていた。

男の子の幽霊が夜中に出るのも、何か意味があるのだろうか。

もっとも、夜見によると、幽霊はもともと存在が希薄だから、生きている人間が活発に活動する昼間よりも、夜の方が目撃されやすいらしい。

そんな話を思い出しながら、古い街並みと新しいマンションが混在している町の中を歩いていると、

「あ、ここです」

八階建てのきれいなマンションの前で、祐奈が足を止めた。

オートロックもあって、明里が住んでいるアパートとは雲泥の差だ。

エレベーターに乗って、五階のボタンを押すと、祐奈は明里の顔をのぞきこんで、

「夜見さんって、どういう方なんですか？」

と聞いてきた。

「え……えっと……」

明里は答えに困った。

一言でいえば〈人使いの荒いイケメン〉なのだが、祐奈が聞きたいのはそういうことではないだろう。

「霊感があるんですよね？」

「そうですね」

実際、霊の姿を見たり、話をしたりすることもできるみたいなので、霊感があるのは間違いない。

だけど、いわゆる霊能者というのとは、少し違う気がした。

夜見はお祓いをしたり、特定の霊を呼び出したりできるわけではない。

それなのに、結果的に霊現象を解決しているのだ。

ほんとうに、どういう人なんだろう……と思っているうちに、エレベーターは五階に到着した。

「開けますね」

祐奈が部屋の前で鍵を取り出して、ドアを開ける。

明里は目を閉じて、一度深呼吸をしてから、祐奈のあとについて、部屋の中に足を踏み入れた。

祐奈の話によると、この部屋に引っ越してきたのは三ヶ月程前で、それから一週間前の夜まで、おかしなことは何も起こらなかったし、不動産屋からも、この部屋で過去に何か起こったという話は聞いていないらしい。

(まあ、不動産屋の言うことはあてにならないけど……)

心の中で呟きながらも、明里は、部屋に問題がある可能性は低いと考えていた。

もしその幽霊が部屋についているなら、もっと早くに現れてもおかしくないからだ。

祐奈の不安は取り除いてあげたいけど、夜見にはできるだけ頼りたくない。

夜見が特別な能力なしに霊現象を解決しているなら、最近霊感が強まってきた自分にもできるのかも——明里は気合を入れ直すと、祐奈のあとに続いて部屋の奥へと足を運んだ。

明里のアパートよりも広くてきれいだが、おおまかな構造はあまり変わらない。

玄関を入って右手にキッチン、左手にバスとトイレがあって、突き当たりの部屋が居間兼寝室だった。

「あそこです」

祐奈は正面にかけられたアクアブルーのカーテンを指さした。

「あのカーテンの前に、頭から血を流した男の子が……」

明里はおそるおそるカーテンに近づいた。

いまのところ、悪寒のようなものは特に感じられない。

「カーテンを開けてもいいですか？」

明里がたずねると、祐奈はビクッと肩を震わせて、それからこわばった笑みを浮かべた。

「いいけど、ベランダには何もありませんよ」

声がわずかに震えている。

男の子の幽霊が怖いのは分かるけど、どうしてそんなにベランダに怯《おび》えているのだろう、と思いながら、明里はカーテンに手をかけて左右に開いた。

曇り空とはいえ、外の光が差し込んだことで、薄暗かった部屋が一気に明るくなる。

ベランダには、何もなかった。

サンダルひとつ置いていない。

ガラス越しに見える風景も、灰色の空を背景にして、ビルやマンションがちらほらと見えるくらいだ。

「ね？　何もないでしょ？」

祐奈はそう言って明里のそばに来ると、サッとカーテンを閉じた。

とたんに部屋が暗くなる。

その瞬間、ぞくりとした。

（……え？）

明里は部屋の中を見回した。

幽霊の姿は見えないのに、何かの気配を感じる。

それは、いままでに感じたことのない、首筋に息を吹きかけられるような、なんともいえない感覚だった。

その「何か」を刺激しないように、明里がそろそろとカーテンから距離をとっていると、

「あ、ちょっとごめんなさい」

祐奈がスマホを取り出して耳に当てた。

「もしもし、いまどこにいるの？」

声が急に甘くなる。おそらく、いま付き合っているという彼氏だろう。

祐奈はチラチラと明里の方を見ながら通話を続けていたが、

「分かった。それじゃあ、あと五分くらいね」

そう言って通話を終えると、明里に向きなおった。

「いまから彼が来るんだけど……」

「あ、わかりました。それじゃあ、わたしはこれで……」

内心、ホッとしながら、明里が帰ろうとすると、

「違うの。そうじゃなくて……」

祐奈は慌てた口調で明里と玄関の間に回り込んだ。

「西野さんから、彼に説明してほしいの」

「え？」

祐奈の話によると、男の子の幽霊を目撃した彼は、この部屋が悪いんじゃないかと考えて、しきりに引っ越しをすすめてくるらしい。

「でも、その幽霊がわたしについてきてるなら、引っ越しても同じことでしょ？　だから、そのことを西野さんから彼に話してもらえないかな」

「はあ……」

予想外の申し出に、明里は困惑した。

明里が部屋に来ている時に、偶然近くを通りかかったとは思えないので、はじめからそのつもりで呼んでいたのだろう。

断る口実を探しているうちにチャイムが鳴って、ネイビーのスーツにストライプのネクタイをしめた、優しそうな雰囲気の男性が部屋に入ってきた。

「あ、どうも」

戸惑った様子で頭をさげる男性に、

「こんにちは」

明里も間の抜けた挨拶を返した。

プログラム関係の仕事をしている彼は、勤務時間が不規則で、今日はこれから出勤するらしい。

どういう風に説明しようかと考えていると、

「この人が、昨日話した霊能者さん」

祐奈がとんでもないことを言い出した。

「え？」

驚いて顔を見ると、祐奈はニコニコしながらも、笑っていない目でまっすぐに明里を見つめていた。

話を合わせてくれ、ということのようだ。

この状況で、わたしは霊能者ではなく怪談師の助手で、その怪談師も霊感があるわけではなくて……などと言っても、話が分かりにくくなるだけだ。

明里が諦めて、小さく頷いてみせると、

「霊能者の人って、意外と普通の格好をしてるんですね」

彼氏は明里の服装を見て、感心したように言った。

今日の明里は白のブラウスにベージュのワイドパンツで、霊能者らしさは欠片もない。

「霊感と服装は関係ありませんから」

明里は開き直ってそう答えると、二人が見たという子どもの幽霊は、事故現場で祐奈が手を合わせてくれたことが嬉《うれ》しくて、ついてきてしまったのだと説明した。

「そうだったんですか……」

彼氏は顔をしかめて、部屋の中を見回した。

「彼女にも、しばらくうちに来ればってすすめたんですけど、部屋じゃなくて彼女自身にとりついてるなら、意味ないですね……その幽霊って、どうにかならないんですか？」

「そうですね……霊がこの世にとどまるのは、何らかの未練があるからだと考えられます」

明里は、夜見から聞いたことのある話を、記憶の底から引っ張り出しながら答えた。

「未練？」

祐奈が聞き返す。明里は頷いて、

「生前にやり残したことがあったり、心配していたり、誰かに恨みが残っていたり……未練の種類は様々ですが、この世に縛り付ける何かがあることが多いので、それを解決すれば成仏してくれるんじゃないでしょうか」

思い付きで喋ってみたが、なかなかいい案のように思えた。

「なるほどね」

彼氏があごに拳をあてて、うんうんと頷く。

「事故で死んだのなら犯人が憎いとか、幼い子供ならお母さんに会いたいとか、そういう感じのことか……」

「ええ。あとは、供養が十分じゃなかったり……祐奈さん。その事故現場って、どこだったんですか?」

「え? えっと……どこだったかな……」

明里の質問に、祐奈は虚を衝《つ》かれたように目を瞬かせると、宙を見ながら首を捻《ひね》った。

「仕事帰りっていってたから、職場の近くじゃない? ほら、松崎《まつざき》町の交差点のあたりとか……」

彼氏が助け舟を出すが、

「覚えてない」

祐奈は彼氏の言葉を遮るように首を横に振った。

「あの時は、寄り道して買い物とかもしてたから……それより、なんとかなりませんか? お祓いとかお札とか……わたしについてるなら、どこに引っ越しても無駄なんでしょ?」

目を吊《つ》り上げて、少し自棄になったような口調で明里に迫る。

落ち着いているように見えていたけど、毎晩幽霊に悩まされることで、やはりストレスが溜まっているのかもしれない。

「やっぱり、おれの部屋に来ないか?」

彼氏が祐奈の肩を摑《つか》んで言った。

「それか、おれがこっちに泊まるようにしてもいいし……」

彼氏の言葉を耳にして、祐奈の表情が少し柔らかくなった。

「ありがとう。でも、大丈夫だから……」

そう言って、期待のこもった目を明里に向けてくる。

正直なところ、これ以上は明里の手には負えないが、ここで自分は霊能者ではありませんと打ち明けるわけにもいかない。とりあえず、早急に対策を考えてからまた連絡しますと言い置いて、明里はマンションをあとにした。


すぐにでも夜見に相談したかったが、怪談の取材に出かけているとかで、指定されたのは午後の遅い時間になってからだった。

すっかり通い慣れた地下街を歩きながら、明里はふと、怪談師って儲《もう》かるのだろうかと思った。

たしかにライブは満員だったし、怪談師の中には怪談の本を出している人や、テレビに出ている人もいるらしい。

だけど、夜見はそんなに派手に活動しているようには見えないし、かといってほかの仕事をしている様子もない。

やっぱり正体不明だなと思いながら〈猿の手〉に入ると、夜見はいつもの席でトマトジュースを飲んでいた。

珍しく、顔に疲労の色をにじませている。

今日はたしか、ある地方の旧家を訪ねていたはずだ。

「お疲れですか?」

鬼の霍乱《かくらん》、という言葉を頭の隅に浮かべながら、明里が向かいに座ると、

「まあな」

夜見は顔をしかめて、不機嫌そうに話し出した。

旧家の当主が亡くなって、蔵の中身を整理していたら、古いお面が出てきたのだが、どういうわけかそのお面には血の跡がついていて……という話で、どうやら過去に、呪いの儀式に使われていたらしい。ところが、それがいつの間にか、その呪いをどうにかしてくれという話にすり替わっていたのだそうだ。

「そりゃあ、怪談だけ聞いて、はいさようならってのも、たしかに虫がいいと思うよ。だけど、たいして珍しくもない怪談と引き換えに、あんな重い呪いを祓えるかっていうんだ」

夜見がそう言うくらいなのだから、よほど物騒な呪いだったのだろう。

「それで、結局どうしたんですか？」

明里が聞くと、夜見はため息をついた。

「一応、知り合いの寺を紹介してきた。腕はいいけど高いから、頼むかどうかは分からないけどな。それで、そっちはどうだったんだ？」

人に話したことで気が晴れたのか、夜見は少しすっきりとした表情で、明里に話を促した。

「それが……」

明里は祐奈から聞いた話と、マンションでのやりとりを詳しく話した。

明里が話し終わってからも、しばらくの間、夜見は難しい顔で腕を組んで黙っていたが、

「あの……なんとかなりませんか？」

明里が声をかけると、

「なんとかした方がいいのか？」

夜見は目を細めて聞き返した。

「え……それは、まあ……」

その迫力に、明里が言葉に詰まっていると、

「おかしいと思わないか？」

夜見が腕を解《ほど》いて、静かな口調で言った。

「その事故現場には、花束とお菓子が置いてあったんだよな？」

「そう聞いてますけど……」

「だったら、どうして男の子の霊は、そいつらについていかなかったんだ？」

「え？」

意味が分からなくて、かたまる明里に、夜見は続けた。

「だから、事故現場にはすでに花が供えられていたんだろ？　それを置いたのは家族とか知り合いとか、被害者に縁のある人間なんだから、霊がいるならそっちについていくんじゃないか？」

「でも、昨日の怪談に出てきた高速道路の幽霊は、全然関係ない人についていってましたよ」

「あれは死んだ直後に似たようなカップルが通りかかって、同情を見せたから、波長ががっちり合ったんだ。普通、事故現場で手を合わせたくらいでは、ついてこない」

そもそも、事故死した幽霊ってのは、その場にとどまって地縛霊になる可能性が高いんだ、と夜見はつけ加えた。

たしかに、縁のある人が花やお菓子を供えても動かなかったのに、あとから通りかかった見ず知らずの女性が手を合わせただけでついてくるというのは、なんだか違和感がある。

祐奈がよほど霊感が強いとか、霊にとりつかれやすい体質なら、あり得るのかもしれないが、そういうわけでもなさそうだ。

「もうひとつ」

　夜見は指を一本立てた。

「その女、一週間前に霊を目撃したあと、彼氏に部屋に来ないかと誘われたのに、どうして断ったんだ？」

「それは……男の子の霊が自分にとりついてるなら、彼氏の部屋に行ってもついてくるだけだから……」

「順番がおかしいだろ」

　夜見はわずかに顔をしかめた。

「昨日、おれの怪談を聞いたことで初めて、事故現場からついてきた幽霊じゃないかと思ったんだろ？　それまでは、自分についてるのか、部屋についてるのか分からなかったはずだ」

　もう何年も住んでいたというならともかく、住み始めて数か月なら、部屋についていた幽霊にいままで気付かなかったという可能性も考えられるし、そもそも部屋に幽霊が現れたら、普通は逃げ出したくなる。

　それなのに、祐奈はなぜか部屋を離れようとしなかった。

「どうしてですか？」

明里が素直に疑問を口にすると、

「どうしてだと思う？」

夜見は面白がるような笑みを口の端に浮かべながら聞き返してきた。

その試すような態度に、明里は少しムッとしながら考えた。

「彼氏との仲がうまくいってないわけじゃなさそうだし……」

「むしろ、その二人はうまくいっていると思うぞ」

夜見はなぜか確信を持ったような口調で言った。

そんなことが、どうして分かるんだろうと思っていると、夜見は腕を組んで背もたれに体をあずけた。

「だいたい、おれは怪談を聞いてこいとは言ったが、面倒事を増やしてこいとは言ってないぞ」

「あ……えっと……」

それを言われると弱い。

だけど、初めての一人暮らしで不安だった明里を、夜見が（見返りなしではないものの）助けてくれたように、今度は明里が祐奈の力になりたかった。

「なんとかなりませんか？」

膝の上で両手を握りしめて、強く訴えかける明里に対して、夜見は嫌そうな顔で明里の背後を見ながら答えた。

「分かったよ。協力すればいいんだろ」

一瞬喜びかけた明里は、夜見の不自然な視線に気づいて、背後に意識を向けた。

途端に、背骨を直接氷で撫でられたような悪寒が襲い、髪の毛が逆立つ。

おそるおそる振り返ると、明里のすぐ後ろに、頭が半分潰れた男の子が、血だらけの顔で笑って立っていた。

「きゃーーーっ！」

悲鳴をあげながら、椅子を鳴らして立ち上がる明里の姿に、店内中の視線が集まる。

気が付くと、男の子の姿は消え、夜見に向けられた非難の視線だけが残っていた。

「お前はどうして、この店でのおれの評判を落としたがるんだ」

夜見の押し殺した声に、明里は座り直すと、小さくなって謝った。

「すみません」

「その女と連絡つくか？」

「え？」

「今晩、部屋にいってもいいかどうか聞いてみろ」

「行ってくれるんですか」

明里は驚きと喜びの混じった声で聞いた。

しかし、夜見は対照的に浮かない表情でぽつりと言った。

「たぶん、期待しているような展開にはならないと思うけどな」


夜の十一時過ぎ。

明里は夜見とともに、ふたたび祐奈の部屋を訪ねていた。明里からの連絡を受けた祐奈が、仕事終わりのこの時間なら、来てもらっても構わないと答えたのだ。

夜見は部屋に通されるなり、ベランダまでまっすぐに突っ切ると、カーテンの前で足を止めて祐奈を振り返った。

「男の子の幽霊が出るのは、このあたりですね」

「はい、そうです」

部屋着の祐奈が頷く。

緊張しているのか、夜見が部屋に入ってからずっと、体の前で両手を忙《せわ》しなく組み変えていた。

夜見はカーテンを開けて、ガラス越しに外の景色を眺めた。

そして、祐奈を振り返ると、

「ところで、事故の場所は思い出しましたか？」

と聞いた。

「事故の場所？」

祐奈が訝《いぶか》しげな様子で聞き返す。

「ええ。あなたが男の子の幽霊にとりつかれたという、交通事故の現場ですよ」

「それが、思い出せなくて……」

祐奈は申し訳なさそうに目を伏せた。

「そうでしょうね」

夜見はスッと目を細めると、冷たい声で言った。

「そんな事故は、なかったんですから」

祐奈がハッと顔を上げて、警戒するような目を夜見に向ける。

「どういうことですか？」

「言葉のとおりですよ」

夜見は肩をすくめてみせた。

「警察の知人に確認したところ、松崎《まつざき》町の交差点のあたりでは、この一年間、幼い男の子が犠牲になったような事故は、一件も起きていないんです」

夜見は祐奈の彼氏が言った交差点の名前を口にした。

「あ、じゃあ、場所を勘違いしてたんだと思います」

「ずいぶん範囲を広げて調べたんですけど、見つかりませんでしたよ」

「そんなこと言われても、困ります」

わずかにいらだちを見せはじめる祐奈に対して、夜見は間を空けずに質問を重ねた。

「そもそも、どうして交通事故の被害者が、縁もゆかりもないあなたについてくるんですかね？」

祐奈は思いがけない言葉を聞いたように、目を見開いた。

「だって、それは夜見さんが怪談会で話されていたとおり……」

「あの話に出てきた幽霊は、死んだ直後でした」

夜見は、明里にも話した「いままで縁者がお供えをしても動かなかった幽霊が、通りすがりの霊感もない女性についていくはずがない」という理論を展開した。

「仮についていくとしたら、それは何か強い目的とか理由があるはずです」

夜見の言葉に、祐奈は目を伏せて黙り込んでしまった。

「そもそも部屋に幽霊が出たら、普通はその部屋から逃げ出しますよ」

「だって、わたしについてきてるんだから、部屋から逃げても……」

「事故現場で手を合わせたせいで、ついてきたのかもしれない、とあなたが考えたのは、ぼくの話を怪談会で聞いた後のことですよね？　それなのに、あなたは怪談会に来る前から、部屋を出ようとはしてこなかった。あなたには、男の子の霊が自分の前に現れる心当たりがあったんじゃないですか？」

夜見の鋭い言葉に、祐奈はぐっと唇を噛《か》んだ。

明里は一歩さがったところから、二人のやりとりを聞いていた。

喫茶店で祐奈に連絡をとった時、明里は祐奈から、フルネームと生年月日を聞きだしていた。お祓いに必要だからと言い訳をしたけど、実は夜見の指示だ。

その後、夜見は上村《かみむら》刑事に電話をかけて、いくつかの調査を頼んでいた。

該当する事故がなかったというのは、そのうちのひとつだった。

「一週間前に霊が現れ始めてから、あなたはできるだけ、その霊が彼氏の目に触れないようにしてきた。

しかし、彼氏はすでに霊の存在を知ってしまっているし、自分にとりついているのは明らかだから、このままではいずれ彼氏に霊の正体がばれてしまう。

困ったあなたは、お祓いしてくれる人を探して、怪談会にやってきた。そして、そこで聞いた話を利用して、男の子の幽霊は、自分には関係のない幽霊が自分についてきているだけだと思わせようとしたんだ」

「何を言ってるのか分かりません。おかしなことを言うんだったら、帰ってください」

祐奈はたえきれなくなったように、顔をそむけて玄関を指さした。

しかし、夜見は眉ひとつ動かさずに答えた。

「そういうわけにはいきません。頼まれたので」

「だから、もういいって……」

「あなたにじゃありませんよ」

夜見はベランダを背にして右腕を上げ、祐奈をゆっくりと手招きした。

「祐奈さん、こっちに来て、外の景色を一緒に見ませんか？」

「え……」

怒りの表情を浮かべてた祐奈の顔に、怯えの色がはしる。

「い、いや、わたしは……」

祐奈は顔の前で手を振って、部屋の入り口付近に立っていた明里の方へと後ずさった。

「どうしてですか？　なかなかいい景色ですよ」

夜見はベランダに目を向けた。

明里の位置からは、ガラスに映った室内の様子しか見えない。そのガラスの中で、祐奈は泣きそうな顔をしていた。

「どうしてって……だって、子どもの幽霊がいるんですよ。それに、わたし、昔から高いところは苦手なんです」

祐奈の言葉に、夜見は大げさな仕草で肩をすくめた。

「ああ、高所恐怖症ですか。でも、前のマンションでは、8階に住んでましたよね？」

夜見の言葉に、祐奈は信じられないという風に目を大きく見開いた。

一拍遅れて、体が小刻みに震え出す。

「どうして……？」

「だから言ったでしょう？　警察に確認したって」

夜見はそう言うと、ガラス戸を開けた。

夜風がふわりと夜見の前髪を揺らす。

「本当に身に覚えのない幽霊が部屋に出たのなら、誰かの家に避難すればいいし、人によっては不動産屋にどなりこむこともあるでしょう」

夜見はそこで言葉を切って、チラッと明里を見た。

自分の場合は、引っ越した初日から騒音に悩まされていたのだから、どなりこんで当然だ――と反論する暇もなく、夜見は続けて口を開いた。

「しかし、あなたの行動はまるで、霊の正体に心当たりがあるみたいでした。彼氏に何か余計なことを言わないか、ずっとびくびくしていたんじゃないですか？」

「う、うるさいわね。霊感もないくせに、何が分かるのよ」

祐奈は怒りと恐怖がないまぜになったような表情で、夜見に言い返した。

「お祓いできないなら、用はないわ。もう帰ってよ」

「霊感なら、ありますよ」

「え？」

冷静な夜見の返事に、祐奈がポカンと口を開けて瞬きを繰り返す。

「テレビに出てくる霊能者のように、お札や呪文で成仏させるわけではありませんが、霊の声を聞くことはできます」

そう言うと、夜見は誰かのための通り道を開けるように、ガラス戸の前から一歩離れた。

ひときわ強い風がベランダから吹きこんで、カーテンが大きくふくらむ。

カーテンが元に戻ると、そこには幼稚園くらいの男の子が立っていた。

頭から血を流しながら、嬉しそうに笑っている。

「いつもはもっと遅い時間に現れるみたいですけど、今日はぼくを受信機にして、早めに出てきたようですね」

「あ……ああ……」

夜見の言葉も耳に入らない様子で、祐奈は口をパクパクとさせて、意味のない声をあげている。

男の子は生きている人間のように、足を一歩ずつ踏み出して、祐奈の元へ近づいていった。

その姿はまるで出来の悪い合成フィルムのように周りから浮いていて、違う世界の存在であることは明らかだった。

祐奈はさらに下がろうとしたが、足が思うように動かず、その場にストンと腰を落とした。

明里も一応、前もって事情は聞かされていたが、実際に目のあたりにすると、恐怖で動けなかった。

夜見は凍り付きそうな冷たい目で祐奈を見ると、刺すような口調で言った。

「この子が誰なのか、はじめからか分かってたんだろ？　お母さん」

ヒュッと音を立てて息を吸い、ガタガタと震え出す祐奈の姿を、明里は暗い気持ちで見下ろした。

祐奈の情報は、夜見から連絡を受けた上村が、ぶつぶつと文句を言いながらも、わずか数時間で調べあげていた。

五年前に結婚と同時に男の子を出産した祐奈は、三年足らずで離婚。

財産分与で当時住んでいたマンションの八階の部屋を手に入れて、子どもと二人で暮らしていたが、離婚から一年後の夏、その子どもが深夜にマンションのベランダから転落死した。

当時、祐奈には彼氏がいたこともあって、再婚の邪魔になった子どもを祐奈が殺したのではないかという捜査員もいたらしいが、子どもが日頃から星を見るのが好きで、転落現場にも望遠鏡が落ちていたことや、前の晩にテレビで流星群の特集をやっていたこと、落下の直前にマンションの下を通りかかった人が、身を乗り出している子どもの姿を見て危ないなあと思っていたという証言などから、夜中に目を覚ました子どもが、ひとりで星を見ようとして足を踏み外したのだろうと結論付けられた。

「当時、担当した刑事によると、あなたは半狂乱になって、ずいぶん自分を責めていたそうだね」

「……ええ、そうよ」

祐奈は床に手をついて、ぽとりと涙を落とすと、絞り出すような声で言った。

「あの時、わたしが気が付いていれば、あの子は死なずにすんだのに……」

祐奈はさらに、結局その時の彼氏とはうまくいかずに別れたことや、いまの彼氏には、自分が昔結婚していたことも、子どもがいたことも隠していて、ばれたら離れていくかもしれないと恐れていたのだと告白した。

「でも、あの子のことは、一日も忘れたことはなかった……」

ぼろぼろと泣きながら語る祐奈の姿に、明里が同情しそうになっていると、

「さっきも言ったけど、おれには霊感があって、霊の声が聞こえるんだ」

夜見はそう言って、明里の方を見た。

「お前もそろそろ聞こえるんじゃないか？」

「え？」

明里は目を瞬かせた。

「どういうことですか？」

「元々素質のあるやつが、おれみたいに霊感の強い人間の近くに長くいると、霊感が成長するらしい」

「そういうことは――」

先に言っておいてください、と明里が文句を言う前に、夜見はスッと目を細めて、祐奈を見ながら言った。

「お前になにか、言いたいことがあるみたいだぞ」

「へ？」

きょとんとする祐奈に、男の子が笑いながらはしゃぐように近づいていった。

「え？　いや、ちょっと待って……」

座り込んだまま、後ろに下がろうとする祐奈に、男の子が覆いかぶさるようにして抱きつくと、はっきりとした声でこう言った。

「ママ、今度は落とさないでね」

目と口を大きく開けて、魂が抜けたように座り込んだままの祐奈を置いて、明里と夜見は部屋をあとにした。

「あのままにしておいて、よかったんですか?」

マンションを出て、小さな児童公園にさしかかったところで、明里は前を行く夜見に声をかけた。

「大丈夫。もうじき、上村がマンションに到着するはずだ」

夜見は足を止めて言った。

そういえばさっき、部屋を出る直前に、誰かに電話をかけていた。

あれが、上村刑事だったのだろう。

「はあ……」

人気《ひとけ》のない夜道を、夜見のあとについて歩きながら、明里は肩を落として大きくため息をついた。

「どうした?」

夜見が振り返って、不思議そうに明里の顔をのぞきこむ。

明里はゆるゆると首を振って項垂《うなだ》れた。

「まさか、自分の子どもを殺していたなんて……」

祐奈の言っていることを信じていただけに、明里はショックだった。

「証拠は残ってないから、上村は苦労するだろうけどな」

夜見は苦笑しながら言った。

「なにしろ、一度は事故として処理された事件だ。物証もない。あとは本人の自供に期待するしかないな」


「ママ、今度は落とさないでね」


男の子のセリフは、しっかりと明里の耳に残っている。

つまり以前は、ママに落とされた、ということだ。

しかし、子どもの、しかも幽霊の証言に、証拠能力は無い。

「あの……やっぱり事故だった、っていうことはないんでしょうか？」

明里はおずおずと聞いた。

「え？」

夜見は少し意外そうに片方の眉をあげた。

「例えば、ベランダで抱っこして、一緒に星を見ていて、バランスを崩して落としちゃったとか……」

それなら、「今度は落とさないでね」という台詞とも矛盾しない。

「可能性だけなら、否定はできないな」

明里の言葉に、夜見は肩をすくめた。

「ただ、そうなると『身を乗り出している姿を見た』という証言が微妙になってくるが……。まあ、何が起こったのかは、本人が一番よく分かってるだろ」

「でも、一年も経《た》っているのに、あの子の幽霊がどうしていまになって現れたんでしょうか」

首を傾《かし》げる明里に、夜見は即答した。

「子どもができたんだろ」

「え？」

思いがけない言葉に、明里は夜見の顔を見た。

夜見は顔をしかめて続けた。

「本人が気付いてるかどうかは分からないが、おそらく妊娠しているはずだ。いままでは、殺されたとはいえ、自分が唯一の子どもだった。それが、新しい子どもができて、しかも自分の存在が抹殺されようとしていることで、母親の前に姿を現したんだ」

明里はさっきの男の子の表情を思い浮かべた。

恨みでも怒りでもない、あどけない笑顔。あの子は、ただ母親に甘えたかったのだ。

昼間は小さな子どもたちで賑《にぎ》わうであろう公園も、夜はひっそりと静まり返っている。

ブランコが風もないのに、わずかに揺れていた。

胸の奥から溢《あふ》れ出てくる、泣きたくなるような気持ちを抑えながら、明里がその光景を眺めていると、

「深く考えるな」

ポン、と頭に大きな手が置かれた。

「怪談ってのは、どうしても人の根源的な部分と向き合うことになる。なにしろ、死んだ人間が関わることが多いからな。しかも、そのほとんどは殺されたり未練が残っていたり、強い感情を持ったまま死んでいった人間だ。だけど、余計なことまで抱え込むな。いままで通り、お前は面白い怪談だけを集めてくればいい」

口調はぶっきらぼうだが、その手は温かかった。

明里はじっと夜見を見つめた。

「なんだ？」

「いや……なんか、優しいですね」

「負債を返してもらうまで、逃げられたら困るからな」

「逃げませんよ。こう見えても、人生経験は豊富なんですから、こんなことぐらいではへこたれません」

明里が胸を張って笑顔を見せると、夜見もつられたようにフフッと笑って夜空を見上げた。

空には利鎌《とがま》のような月が、細く冴《さ》え冴《ざ》えと輝いていた。

第四話　黒い未練

静まり返った夜道に、かすかに足音を聞いた気がして、明里《あかり》は足を止めて振り返った。

駅から離れた細い住宅道路には、街灯と自動販売機がぽつりぽつりとあるだけで、この時間に開いているような店もなければ、道を歩く人の姿も見当たらない。

視界に入るのは、道路に玄関が直接面した古い木造住宅と、外廊下式の二階建てアパート、そして空車の目立つコインパーキングくらいだ。

不審者にそなえて、スマホを手に再び歩き出そうとした明里は、夜見《よみ》から聞いたある話をふと思い出した。

夜見と知り合ってからのこの一ヶ月で、明里は幽霊にも足があることや、足音を立てる幽霊がいることを学んだのだが、夜見曰《いわ》く、背後に聞こえた足音がもし幽霊なら、気付かないふりをした方がいいのだそうだ。

「ああいうやつらは、普段はなかなかその存在に気付いてもらえない分、見える人間を見つけると、喜んでつきまとってくるからな。もし夜道で見かけたりしても、気付いていないふりをしろ」

珍しく明里の身を案じたようなアドバイスに、もしかして心配してくれてるのかな、と感動していると、

「言っとくけど、いまさら夜道で悪い霊に追いかけられたとか、ベタな怪談を持ってくるなよ」

夜見はそうつけ加えたのだった——。

とにかく、走り出したくなる衝動を抑えながら、ようやくアパートにたどりついた明里が、平静を装って鍵を取り出していると、

「西野《にしの》さん」

突然肩を叩《たた》かれて、明里は「ひゃっ」と飛び上がった。

「あ、ごめんなさい……」

一葉《かずは》が手をひっこめて、身をすくめている。

どうやら、一葉もちょうど帰宅したところのようだ。

「この間は、ありがとうございました」

深々と頭をさげる一葉に、

「その後、どうですか？」

明里がたずねると、

「おかげさまで、塾には出なくなりました」

一葉はそう言って微笑んだ。

「よかった」

明里は胸をなでおろした。

肝心の不動産屋がどうなったのかは分からないが、もともと恨まれるような会社なのだ。自業自得だろう。

「それじゃあ……」

おやすみなさい、と言いかけた明里を、

「あの、すみません」

一葉が再び呼び止めた。

「西野さんって、夜見さんのために怪談を集めてるんですよね？」

「まあ、そうですけど……」

夜見のためというよりも、「夜見に集めさせられている」という方が正確なんだけど……と頭の隅で訂正しながら、明里が曖昧に頷《うなず》くと、

「よかったら、わたしと一緒に肝試しにいってくれませんか？」

一葉は胸の前で両手を組んで、明里を見つめた。

「肝試し？」

明里は思いきり眉を寄せながら聞き返した。

一葉によると、最近、友達の紹介で知り合った男性から、心霊スポットに誘われているのだそうだ。

とはいえ、まだ付き合っているわけではなく、彼も男友だちをつれてくるので、よければこっちも友だちをつれてきてほしい、ということになったのだが……。

「わたし、あんまりこういうことに誘えるような友達がいなくて……」

一葉の言葉に、それはそうだろうな、と明里は思った。

心霊現象を信じていない人にとっては、大人になって肝試しなんて馬鹿馬鹿しいし、反対に本気で信じてる人は怖くていきたくないだろうから、ちょうどいい具合に興味のある人を探さないといけない。

一葉も先日の一件で霊の存在は信じている——というか、知っているはずだ。それでも肝試しにいこうというのだから、よほどその男性に興味があるのだろう。

「うーん……分かった。いいよ」

明里は迷いながらも頷いた。

正直、あまり気はすすまなかったけど、うまくいけば怪談のネタを仕入れることができるかもしれない。

「ほんとうですか？　ありがとうございます」

一葉が小さく飛び跳ねて喜ぶ。

明日の夜、十一時にアパートの前という約束をして、明里は部屋に入った。

部屋着に着替えて、冷蔵庫から発泡酒を取り出す。

最近、夕食は職場の近くの定食屋ですませることが多くなってきた。

やはり一人暮らしだと、なかなかちゃんとした料理をする気になれないな——そんなことを考えながら、化粧を落としてテレビのスイッチを入れる。

発泡酒を開けて、チーズをつまみながら、恋愛バラエティーを見ているうちに、明里はふと元夫のことを思い出した。

明里の元夫、鈴木《すずき》和馬《かずま》は、結婚当時二十九歳、明里よりも五つ年上だった。

朝ドラで人気のあった俳優に少し似ていて、その俳優のファンだった明里は、告白されて深く考えずに頷いてしまった。

それでも付き合っている頃は優しく、随分と大人に見えたものだが、結婚した途端、ただ横暴なだけに変わってしまった。

共通の知人から聞いた噂《うわさ》では、明里と離婚した直後、すぐに浮気相手と再婚したものの、最近になってまた離婚して、明里とよりを戻したがっているらしい。

冗談じゃない、と明里は思った。

一葉の恋路には協力してあげたいけど、自分の恋愛はもうこりごりだ。

テレビから流れてくるラブソングをひとごとのように聞き流しながら、発泡酒を喉に流し込んだ明里の脳裏に、なぜか月を見上げている夜見の横顔が、唐突に浮かんだ。

いままでに知り合った男性の中で、一番の美形かもしれない。

いや、だから見た目で選ぶと駄目なんだって――自分で自分に突っ込みを入れながら、明里は二本目の発泡酒を取るために立ち上がった。

午後十一時過ぎ。

明里と一葉がアパートの前で待っていると、白い車が二人の前で停《と》まった。

運転席から、水色のジャケットを着た男性がおりてきて、一葉に「お待たせ」と声をかける。

それから、明里に向かってぺこりと頭をさげた。

「はじめまして。青柳《あおやぎ》です」

優しそうな雰囲気のイケメンだ。明里よりも、少し年下だろうか。一葉の話によると、中学校の教師をしているらしい。

「西野です。よろしくお願いします」

明里が控えめに挨拶を返している間に、一葉がいそいそと助手席に乗り込んだので、明里は後部座席のドアを開けた。

運転席の後ろには、黒縁の眼鏡をかけてチェックのシャツを着た、青柳と同年代の男性が座っていた。長い前髪に隠れて、表情はよく分からない。

あんまり社交的な雰囲気じゃないな、と思いながら、隣に座って明里が名乗ると、男性はちょっとびっくりしたように明里の顔を見て、

「あ、どうも……山下《やました》です」

そう言うと、またすぐにうつむいてしまった。

「それじゃあ、いきましょうか」

青柳がアクセルを踏み込んで、車が発進する。

青柳によると、二人は大学の同級生で、教員になった青柳に対して、山下は大学院に残り、地方に伝わる民話や言い伝えの研究を続けているらしい。

「いまから向かうトンネルの怪談も、こいつが地元の人から聞いてきたんですよ」

バックミラー越しの青柳の言葉に、

「へーえ、そうなんですか」

明里は感心の声をあげて、車が走り出してからまだ一言も喋《しゃべ》っていない山下を、期待を込めて見つめた。

研究しているという〈言い伝え〉の中に怪談が含まれているのなら、彼と仲良くなれば、

怪談を教えてもらえるかもしれない。

アパートを出発して二十分ほど走ったところで、まわりの車が直進する交差点を左へ曲がると、車は真っ暗な山道へと入っていった。

「こっちは旧道なんです。三年くらい前に、新しい道路ができてから、めったに使われなくなったんですけど……」

青柳がそう前置きをしてからこんな怪談を話し始めた。


『白い服の女』

この先にあるトンネルに、午前零時ちょうどにクラクションを三回鳴らしてから入ると、出口のところに白い服を着た女の幽霊が現れるという噂がある。

去年の夏のこと。

大学生のAくんが、噂をたしかめようと、同じ大学の友だち三人と一緒に車に乗って、旧道のトンネルに向かった。

午前零時にクラクションを鳴らしてから、トンネルに入る。

すると、出口の脇に白い服の女性が佇《たたず》んでいた。

車はそのまま、女性の横を通り過ぎていく。

噂は本当だったと車内が盛り上がる中、運転している友だちだけは、青い顔をしてまっすぐに前を見ながらハンドルを握っていた。

車はカーブの多い山道を、どんどん速度を上げながら走り抜けていく。

助手席に座っていたAくんは、少し心配になってきて声をかけた。

「おい、ちょっとスピード出し過ぎじゃないか」

すると、運転席の友だちは血走った眼で前だけを見つめながら、

「後ろを見てみろ」

と言った。

Aくんが振り返ると、さっきの白い服の女性が、まっすぐに立った姿勢のまま、車と同じスピードでニヤニヤと笑いながら追いかけてきた。


「――噂では、トンネルにでるのは山道ではねられて亡くなった女性の霊で、自分を轢《ひ》いた犯人を捜しているのだそうです」

青柳は慣れた口調で話を締めくくった。

学校でも、生徒相手に怪談話を披露しているのかもしれない。

車はひときわ急なカーブにさしかかって、青柳は慎重にハンドルを操作した。

ガードレールの向こう側は深い谷になっているのか、闇に包まれていて何も見えない。

そういえば、夜見は以前、旧道のトンネルというのは怪談の舞台として定番だと言って

いた。

幽霊の声や姿は生きている人間に比べて存在が希薄なので、生者が多いところでは見えにくいが、かといって寂れているだけのところには、そもそも死者の思いが残りにくい。だから、怪談は旧道とか旧校舎とか、かつては賑《にぎ》わっていたけれど、いまは使われなくなった場所が舞台になることが多いのだそうだ。

旧道に入ってからは、一度もほかの車に出合うことなく、明里たちを乗せた車は目的のトンネルに到着した。

トンネルの手前に、ちょうど車一台が停められるくらいの退避スペースがあったので、一旦停車して時間を調整する。

そして、デジタル時計が零時を表示した瞬間、

「じゃあ、鳴らすよ」

青柳が緊張した表情で、クラクションに手をのばした。

プッ、プッ、プーーーッ!

夜の山中に、甲高い音が響き渡る。その余韻が消える前に、車はハザードを消して、ゆっくりとトンネルに向かって走り出した。

トンネルの中は道幅も狭く、照明も薄暗い。閉鎖されているわけではないので、安全性には問題ないのだろうが、怪談とは別の意味で、あまり通りたくないトンネルだった。

道がなだらかにカーブしているのと、速度がゆっくりなせいで、なかなか出口が見えてこない。

車内では、誰一人として口を開こうとしなかった。

やがて、左手からじょじょに出口が見えてくる。

青柳はさらに速度を落とした。

ほとんど徐行するようなスピードで、出口へと近づいていく。

明里は身を乗り出すようにして、前方に目を凝らした。

月明かりに浮かび上がるかまぼこ形の出口に、人影は見当たらない。

車はそのまま何事もなく、トンネルを通り抜けた。

バックミラーの中で、トンネルが小さくなっていく。

そして、完全に見えなくなったところで、青柳がふーっと大きく息を吐き出した。それをきっかけに、車内にリラックスした空気が流れる。

一葉が体をひねって、明里に笑いかけた。

「出ませんでしたね」

「そうね」

明里もホッとして頷いた。

「おい、山下。どういうことだよ。話が違うじゃないか」

青柳が笑いながら、冗談めかした口調で背後の山下に文句を言っている。

「まあ、噂だから……」

山下は頭をかいて、申し訳なさそうな表情を浮かべた。

「ぼくも結局、フォアフまでしかたどりつけなかったしね……」

「フォアフ?」

耳慣れない言葉に、明里が聞き返すと、山下は顔をあげて説明をはじめた。

「フォアフっていうのは、〈Friend Of A Friend〉の頭文字、〈FOAF〉を繋《つな》げたもので、都市伝説の分野では『友達の友達』を意味するんです」

噂や怪談を集めていると、本人や本人の直接の知り合いではなく、「バイト先の先輩の彼女」とか「クラスメイトの友達の妹」など、間接的な人物が体験した話を聞かされることが多い。

「そういう話って、その『友達の妹』に直接聞いてみると、『自分の体験じゃなくて、クラブの後輩から聞いた』っていわれたりして、結局体験者本人にたどりつけないことが多いんです。そういう話を、都市伝説の分野ではフォアフって呼んでるんですよ」

どうやら専門分野になると能弁になるタイプのようで、山下はさっきまでの無口が嘘《うそ》のようにすらすらと喋った。

たしかに明里も、怪談を体験したという人に話を聞きにいったのに、実際に体験したのは本人ではなかった、ということがケースが何度かあった。

「それに、噂を聞いた時に一応調べたんですけど、このあたりで白い服の女性が被害者になった事故の記録はなかったんです」

「それを先に言えよ」

山下の言葉に青柳が突っ込んで、車内に笑い声がおこる。

明里は経験上、記録がないからといって油断できないことは分かっていたが、今回は幽霊を目撃せずにすみそうだ。

たぶん、夜見に報告しても「そんなありきたりな怪談、ネタになるか」と一蹴されるだけだろうが、それよりも今回は、山下と知り合えたのが収穫だった。

あとで連絡先を交換して、またあらためて話を聞いてみようと明里が考えていると、

「あそこでちょっと休憩しようか」

青柳はスピードを落とした。

前方は、山肌に沿ってゆるやかに右へと曲がるカーブになっていて、道の左側に車数台分の小さな空き地が見える。

このまま山を越えてから戻ると、かなり時間がかかってしまうので、ここで一旦停車し

てユーターンするようだ。

青柳は車を停めると、エンジンをかけてライトを点《つ》けたままにして、車をおりた。

街灯が近くにないため、そうでもしないと真っ暗になってしまう。

青柳と一葉に続いて、明里も車をおりると、大きく伸びをした。

夜風がすずしくて気持ちがいい。

明里はスマホのライトを点けると、真新しいガードレールに手を置いて、足元をのぞきこんだ。

急な斜面になっているらしく、ライトの明かりが暗闇に吸い込まれていく。

かなり下の方から、川の流れる音が聞こえてくる。

川の向こう側は、やはり山が連なっていて、夜空が山の稜線《りょうせん》で切り取られていた。

「この先にキャンプ場があって、川釣りなんかもできるんです」

青柳が一葉に話しかけて、一葉が楽しそうに頷いている。

明里は二人から少し距離を取ると、腰に手をあてて首をまわしている山下に声をかけた。

「結局、何も起こりませんでしたね」

「え？　ああ、そうですね……」

山下は慌てた様子で姿勢を戻すと、前髪で顔を隠すような仕草を見せた。

やっぱり人見知りなのかな、と思っていると、

「あの……西野さん」

山下は急に明里の方に向き直って口を開いた。

「は、はい……」

「実は……」

山下が真剣な様子で口を開こうとした時、

「きゃっ！」

一葉の悲鳴が聞こえてきた。

「どうしたの？」

反射的に振り返ると、一葉はこわばった顔で、足元に視線を落としている。

そこはちょうど車の左後輪のあたりで、よく見ると、細かくちぎられた黄色の紙吹雪のようなものが、地面に散らばっていた。

「なに、これ」

顔を近づけた明里は、その正体に気付いて、血の気が引いた。

それは、散り散りになった菊の花びらだったのだ。

明里は花びらに沿ってライトを動かした。

車の後方一メートルほどのところに、大きめの石と、花束を包んであったらしいセロハンが落ちている。

どうやら、誰かが風で飛ばないように石で押さえてあった菊の花束を、車で轢《ひ》いてしまったようだ。

「これって、事故の……」

青柳が神妙な顔をして呟くが、この暗さでは避けようがない。

「しょうがないですよ。」

明里がなぐさめるように言った時、

「あ……」

山下が花束の残骸を見つめながら、掠《かす》れた声を出した。

「なんだよ」

青柳が不安そうに声をかける。

「いや……ちょっと思い出したことがあって……」

山下によると、トンネルの近くで起きた事故の記録を調べていた時、少し離れたカーブで、カップルの死亡事故が起きたという記事を見た覚えがあるらしい。

「たしか、一年くらい前だったと思うんだけど、カップルの乗った車が、対向車線をはみだして走ってきたトラックを避けようとして、ガードレールをつきやぶり、崖の下に転落するという事故があったみたいなんだ」

「だったら、トンネルの女性は、その事故で亡くなった人なんじゃないですか？」

明里が口をはさむと、山下は顔を歪《ゆが》めて首を振った。

「たぶん、違うと思います。そのカップルは、崖を落ちていく途中で車が炎上して、黒焦げになったそうなので」

しかも、遺体の引き上げに手間取っている間に大雨が降って、車ごと川に流されたらしい。

「だから、現れるとしても、白い服なんかじゃなくて、黒焦げに水浸しみたいな、もっと壮絶な姿で現れるんじゃないかと……」

そこまで話して、山下はハッと口をつぐんだ。

三人の間に、重い空気がただよっていることに気付いたのだ。

「……すみません」

「そろそろ帰ろうか」

青柳が運転席に乗り込んで、残りの三人もそれに従った。

帰りの車内は、まるでお通夜のような静けさと緊張感が漂っていた。

ハンドルを握る青柳は、厳しい表情でまっすぐに前を見つめているし、その隣で一葉も泣きそうな顔をしている。

そして山下は、小さくなったまま一言も口を開こうとしない。

何事も起きることなくアパートの前に到着すると、明里はようやくホッと息を吐き出した。

「今日はつき合わせちゃってごめんね」

青柳は車からおりると、胸の前で小さく手を合わせた。

「いえ、大丈夫です」

一葉は微笑んで首を振った。

「それじゃあ、また」

走り去る車を見送りながら、山下に怪談のネタの提供をお願いできるような雰囲気ではなかったな、と明里が少し残念に思っていると、

「あの……すみませんでした」

一葉が唐突に、明里に頭をさげた。

「え？　何が？」

明里が戸惑っていると、

「なんだか、変なことに巻き込んでしまってばかりで……」

恐縮した様子で身を縮める。

「そんなことないよ」

明里は顔の前で手を振った。

たしかに怖い思いもしているが、そもそもこちらも怪談のネタを集めようとしているの

で、お互いさまだ。

どちらからともなく笑い合って、それぞれの部屋に戻ると、時計は十二時半をさしていた。

シャワーを浴びようとした明里は、ちょっと考えてから、バスタブにお湯をためて塩をふりまいた。

霊除けとしては、お風呂に日本酒を入れるのがいいらしいんだけど、あいにく明里の部屋には発泡酒とチューハイの缶しかない。

それでも塩風呂の効果があったのか、それとも久しぶりに湯船にゆっくりと浸かったおかげか、さっぱりとした気分で部屋着に着替えた明里が、寝酒でも飲もうかと冷蔵庫に手をのばした時、

ザッ……ザザッ……


玄関のドアの方から、かすかに物音が聞こえてきて、反射的に手をひっこめた。

いまの音は、ドアの前の砂利を誰かが踏んだ音だ。

明里の脳裏に、真っ黒に焼け焦げた幽霊が、ポタポタと水を滴らせながらドアの前に立っている姿が浮かんで、体中の毛が一気に逆立った。

（さっきのは不可抗力でしょ）

心の中で反論するが、明里も怪談に触れるようになって一ヶ月、あの世のものがこっちの事情をあまり考慮してくれないことは、身に染みて分かっている。

明里は大きく深呼吸をすると、足音を忍ばせてキッチンへと向かった。そして、さっきお風呂に使ったばかりの塩の袋を手にとると、

「来ないで！」

大声で叫びながら、塩を掴《つか》んで、ドアに向かって思いきり投げつけた。

塩がドアに当たって、バシャッと弾《はじ》け飛ぶ。

すると、一瞬間があいて、

ガンッ！

ドアを激しく蹴りつけるような音が聞こえたかと思うと、それっきり静かになった。

明里はしばらく動けずにいたが、やがて、おそるおそる玄関に近づくと、ドアガードをかけたまま、そっとドアを開けた。

しかし、部屋の前に人影はなかった。

そもそも相手が幽霊なら、鍵をかけていようが入ってくる時は入ってくる。

できれば夜見に相談したいところだが、この段階で話をすると、ネタの提供ではなく心霊トラブルの相談になって、負債がまた増えてしまう。

とりあえず、明日になったら一葉に相談しようと思いながら、ドアを閉じかけた明里は、ふとその手を止めた。

何かが焦げたような臭いが、明里の鼻をツンとついて、夜風に吹かれて消えていった。


翌朝。

いつもと同じ時間に目を覚ました明里が、休日だったことを思い出して、首元まで布団を引き寄せた時、チャイムが鳴った。

昨日のことを思い出して、一瞬身構えるが、嫌な気配は感じられない。

「はーい」と返事をしながら玄関に向かうと、

「朝早くから、すみません」

ドアの向こうから、一葉の声が聞こえてきた。

「遠藤《えんどう》さん？」

ドアを開けた明里は、一葉の姿を見てハッと口に手を当てた。

昨日、別れてから数時間しか経《た》っていないのに、目の下に隈《くま》ができて、げっそりとやつれている。

「どうしたの？」

「それが……」

立ったまま口を開きかけた一葉を、とりあえず部屋に入れて座らせると、明里はお茶を淹《い》れた。

温かいお茶を一口飲んで、少し落ち着いたのか、一葉は淡々とした口調で話し出した。

昨夜、シャワーを浴びてすぐにベッドに入った一葉だったが、夜中に突然寝苦しさを感じて目を覚ました。

何時だろうと、枕元に置いたスマホに手をのばそうとするが、どういうわけか体がまったく動かない。

目だけはかろうじて動かすことができるが、それ以外は指先から足の先まで、ピクリとも動かなかった。

生まれて初めて経験する金縛りに、一葉が恐怖を感じていると、視界の端に黒い影が現れた。

影はじょじょに一葉に近づくと、ついには一葉の体に覆い被さってきた。

その姿を見て、一葉は悲鳴をあげようとしたが、金縛りのせいなのか、それとも恐怖で喉がひきつっているのか、声が出ない。

それは、全身が真っ黒に焼け焦げた上、体からぼたぼたと水を滴らせた女の霊だった。

焼けただれた顔が、すぐ目の前に迫り、一葉は反射的に目をギュッと閉じた。

一度閉じてしまうと、今度は恐ろしくて開くことができない。

肉を焦がしたような煤《すす》けた臭いが鼻に流れ込んできて、吐きそうになる。

恐怖と嘔吐感《おうとかん》に涙を流しながら、一葉は心の中で懸命に、

（ごめんなさいごめんなさいごめんなさい……）

と繰り返していた。

すると、その黒い人影は一葉の両肩をベッドに押し付けるようにグッと摑んで、ザラザラとした声でいった。


「どうして……どうして……」


その声を聞いて、一葉は違和感を覚えた。

花束を踏んでしまったことを怒っているのなら、

「どうして花束を踏んだの？」

という意味になる。しかし、一葉はその切実な声に、どこか違うニュアンスを感じたのだ。

何が「どうして」なの――そう聞きたくて、再び目を開いた一葉は、ほんの数センチ前で自分をのぞきこんでいる焼けただれた顔に、スーッと意識が遠のくのを感じた。

「――目を覚ましたら、朝でした。だから、肝試しのせいで怖い夢を見たんだと思ったんですけど……」

一葉はかたい表情でブラウスのボタンを外すと、肩を出した。

それを見て、明里も顔色を変えた。

白い肌にくっきりと、手の跡のような形のあざがついていたのだ。

「それに、部屋にもなんだか焦げたような臭いが残っていて……」

「実はわたしも……」

明里が昨夜の出来事を話すと、一葉はいまにも泣き出しそうな顔で言った。

「やっぱり、怒ってるんでしょうか」

明里の部屋の前に現れた気配と、寝ている一葉を襲った黒い人影が、同じものかどうかは分からない。

一葉のところに現れたのは女性のようだが、明里の部屋のドアを叩いたのは、もしかしたら男性の霊かもしれない。

「どうしましょう」

一葉はすっかり怯《おび》えていた。

「ちょっと、夜見さんに電話してみます」

明里はスマホを手にとった。

おそらく「おれが依頼したのは怪談のネタだ。厄介事じゃない」と怒られるだろうけど、そんなことを悠長に言っている場合じゃない。

ところが、夜見は電話の電源を切っているか、電波の届かないところにいるらしい。

とりあえず「相談があります」とメッセージを送っていると、

「あ、いま青柳さんからメッセージが来ました」

一葉が自分のスマホを手にして読み上げた。

「『昨日はありがとうございました。なんだか変な感じになってしまってすみません。あのあと大丈夫でしたか？』……なんて返しましょうか」

首を傾《かし》げる一葉に、明里は「いまから会えないか、聞いてみたら？」と言った。

青柳も、さいわい今日は休みだったらしく、昼から出勤する一葉に合わせて、以前夜見と明里が一葉から話を聞いた、雑居ビル前のファミレスで集合することになった。

明里と一葉が店に到着してメニューを選んでいると、ほどなくして青柳と山下がやってきた。

とりあえず注文をすませて、昨夜、部屋に帰ってからの出来事を二人に話す。

二人は驚いた様子で聞いていたが、明里たちが話し終わると、青柳が深々と頭をさげた。

「ごめん。そんなにやばいところだとは知らなくて……」

「あ、いえ……」

一葉が慌てて首を振る。

「青柳さんも、知らなかったわけですから……」

実際、ついてきたのは青柳が誘ったトンネルの幽霊ではなく、別の場所で事故死した男女の幽霊なのだ。

「あの……ぼく、朝から大学にいって調べてきたんですけど……」

山下が黒のブリーフケースから、Ａ４の紙の束を取り出した。

「ぼくが見たのは、この学生新聞の記事でした。大学近辺の心霊スポットを特集した号で、事実関係がどこまで正確かは分かりませんが、とりあえずコピーをとってきました」

記事によると、事故があったのは一年前。

大学生のカップルが乗った車が、対向車線をはみ出してきたトラックを避けようとして、あの空き地のあったカーブで大きくオーバーラン、ガードレールを突き破って崖下に転げ落ちた。車は爆発炎上しながら川の中に突っ込み、それ以来、近くのキャンプ場では黒焦げでずぶ濡《ぬ》れの幽霊が目撃されるようになった——ということだった。

記事を読んで、明里は顔をしかめた。

一葉も昨夜の金縛りを思い出したのか、青い顔をして唇を震わせている。

「うちの大学には、自治会の発行している学内新聞が別にあって、これはサークルが独自につくってるゴシップ紙のような新聞なんです。だから、どれくらい信憑性《しんぴょうせい》があるのかは分かりませんが……」

山下がフォローする。

「でも、実際に遠藤さんは黒焦げの幽霊を見ているわけだろ？」

青柳が眉を寄せた。

「だいたい、とりつくなら車を運転していたオレじゃないのか？　どうして二人のところに……」

「霊感は、女性の方が強いっていうからな」

山下は記事のコピーをしまいながら、青柳を慰めるように言った。

結局、山下も記事以上の情報は知らず、一葉の出勤時間が近づいたため、四人は解散することになった。

一葉は、今日は仕事が終わったら、友だちのところに泊めてもらうつもりだと言った。人にとりついているなら、どこにいっても同じだと思うが、少なくともアパートの部屋にひとりきりでいるよりはいいだろう。

「西野さんはどうするんですか？」

一葉に聞かれて、明里は迷った。アパートでひとりは嫌だけど、実家にも帰りづらい。

とりあえず、どこかで時間を潰して、夜見からの連絡を待つことにしようと思いながら、店の前で一葉を見送ると、

「ぼくも、いまから学校にいって、さっきの怪談を知ってる子がいないか聞いてみます」

青柳がそう言って、足早に駅へと向かった。

中学校なら、もしかしたら新しい情報を知っている先生や生徒がいるかもしれない。

自分もどこかで情報を集めてみようか、と思っていると、

「あの……西野さん。ちょっといいですか」

山下が明里に声をかけてきた。

前髪の間から、真剣な目で明里を見つめている。

「あ、はい」

そういえば、山下は昨日も明里に何か言おうとしていた。

前髪に隠れて分かりにくいけど、こうしてあらためて向かい合うと、山下もなかなかかっこいい。それに、前の旦那と違って性格も控え目なところに、明里は好感を持っていた。

明里がドキドキしながら、次の言葉を待っていると、

「この話、夜見さんに相談した方がいいんじゃないですか？」

山下は心配そうに眉を寄せてそう言った。

「……へ？」

明里は一瞬、何を言われたのかわからなくて、間抜けな声をあげてしまった。

「夜見さんって……怪談師の夜見さんのことですか？」

どうして知ってるんだろう——混乱しながら、明里は聞き返した。

「はい。西野さんは、夜見さんの助手なんでしょう？」

「助手というか……山下さんこそ、夜見さんのことを知ってるんですか？」

「ええ、まあ……こないだの怪談夜話で、西野さんが受付で女の人と話してるのを見かけたんです。だから、昨夜はびっくりしました」

「ああ……」

明里は納得した。

考えてみれば、各地の言い伝えを収集している山下が、怪談に興味を持って怪談会に足を運ぶのは当たり前だ。

連絡がつかないことを説明しようとした時、明里のスマホに夜見からメッセージが届いた。

「あ、いま連絡がきました。取材から帰ってきたみたいです」

夜見からは、話を聞くからいつもの店に来るようメッセージが入っていた。

「あの……よかったら、山下さんも一緒に来てもらえませんか？」

事情を説明するにしても、協力を求めるにしても、一人よりは二人の方が心強い。

それに、山下も怪談会に参加するくらいなのだから、怪談師にも興味があるはずだ、と思ったのだけれど、山下は迷う素振りを見せた。

「どうしようかな……」

「あ、もし予定があるなら……」

「いや、予定はないんですけど……」

山下はさらに考えこんだ末に、明里の顔をチラッと見てから頷いた。

「そうですね。一緒にいきましょう」

いつもの地下街を通って、二人で〈猿の手〉に入ると、夜見は一番奥の席で手帳を満足げにながめていた。

今回の取材で収穫があったのだろうか。

「夜見さん」

明里が声をかけると、夜見は「遅い」と顔をあげてから、おや？　というように片方の眉をあげた。

「どうして怪談王子がいるんだい？」

「へ？」

明里は夜見から山下に視線を移すと、その顔をまじまじと見つめて、悲鳴のような声をあげた。

「え、え〜っ！」

「まったく……店で目立つのが好きな奴だな」

顔をしかめる夜見に、明里はハッと我に返って、周りの客に頭をさげると、小さくなって夜見の向かいに座った。

山下も明里の隣に腰をおろす。

「知らなかったのか？」

夜見の言葉に、明里はぶんぶんと首を横に振って、山下を見つめた。

まさか、この大人しそうな青年が、あのビジュアル系ロックバンドのようなメイクをしてハイテンションで怪談を語る、怪談王子だったとは……。

たしかに、横顔のシルエットを見ると、なんとなく共通点を感じられなくもないが、目元も髪形も違うし、そもそも受ける印象がまったくの別人だ。

怪談王子には、メイクや衣装のせいもあるが、百メートル先からでも気付く存在感があった。

それに対して山下は、信号待ちで隣に立っていても気付かなさそうなほど影が薄い。

「どうして……」

　それ以上言葉が続かない明里に、

「夜見さんにすすめられたんです」

　質問の続きを察した山下は、照れたように前髪をいじりながら答えた。

「はじめは、あの予選会を勝ち残った男の子みたいな感じで怪談を語ってたんですけど、それだと全然聴いてもらえなくて……。悩んでいたら、夜見さんに『いっそのこと、まったく別人になりきって、常に演技してるつもりでやればいいんじゃないか』ってアドバイスされたんです」

　そこから紆余曲折《うよきょくせつ》の末、あのスタイルにたどりついたらしい。

「はあ……」

　意外な告白に、明里はポカンと口を開けるしかなかった。

「そんなことより、さっさと話せ。どういう状況なんだ」

　夜見の冷たい声に、明里は背筋を伸ばすと、昨夜の体験を順を追って説明した。

「そのトンネルは、本当に心霊スポットなのか？」

　話を聞き終えると、夜見は山下に向かって聞いた。

「トンネルの噂は、研究室に出入りしている学部生に聞いたんですけど、うちの大学内では、けっこう有名みたいです」

　山下は神妙な顔で答えた。

「ただ、本当に元ネタがあのトンネルなのかというと、かなり怪しいと思います。大学の誰かが、どこかで聞いた怪談を地名だけ入れ替えたんじゃないでしょうか」

「まあ、怪談を語る時に身近な地名を入れるのは、常套《じょうとう》手段だからな」

夜見はトマトジュースを飲みながら言った。

怪談を語る時、「本で読んだ」話よりも「サークルの先輩が体験した」話の方が真実味が増すように、「どこかのトンネル」よりも、近所に実在する峠やトンネルの名前を出した方が、緊迫感が出て「ウケ」がいいのだ。

「それじゃあ、そのトンネルの話は怪しいな」

夜見の言葉に、山下は頷いた。

「ぼくもそう思ったんで、怪談会では使わずに、友達に話すくらいにしていたんですけど……」

青柳に、肝試しに使えそうなスポットはないかと聞かれて、トンネルの話を教えたのだと山下は言った。

「そういえば、青柳さんは怪談王子のことは知ってるんですか？」

「まさか」

山下はとんでもないという顔で首を振った。

「友だちは誰も知りません」

「分かりました。それじゃあ、あの二人にも黙っておきますね」

そう言って笑いながら、明里は密《ひそ》かにがっかりしていた。

山下から仕入れたネタを、夜見に提供しようと思っていたのだが、山下も怪談師という

ことになれば、そういうわけにはいかない。

「ところで、黒焦げになった事故の記事が載った新聞のコピーって、いま持ってるか？」

夜見の言葉に、山下はコピーを差し出した。

夜見は記事にサッと目を通すと、面白がるように言った。

「なかなか壮絶だな」

「やっぱり、つれて帰ってきてしまったんでしょうか」

明里はブルッと震えながら言った。

「でも……」と山下が首を捻《ひね》る。

「カップルの幽霊が、それぞれ別の人の前に姿を現すっていうのは、珍しいケースだと思

います。少なくとも、ぼくが知ってる怪談の中では、聞いたことありません」

たしかに、その点は明里も疑問に思っていた。

運転していた青柳ではなく、明里たちの方についてきたのは、霊感の違いで説明できる

かもしれないが、一緒に死んだ二人が、どうして明里と一葉のところに、別々に現れたの

だろう。

「――中途半端だな」

夜見がぽつりと呟《つぶや》いた。

「何がですか？」

明里が聞き返す。

「花束を蹴散らされたことを恨んでるなら、もっと積極的にアピールしてきそうなものなのに、西野の方に来た幽霊は、部屋の中にすら入ってこなかったんだろ？」

夜見はしばらくの間、難しい顔で考え込んでいたが、やがて唇の端をわずかに上げると、明里たちの顔を見て言った。

「いまから、その旧道にいってみるか」


赤信号で車が停まると、ハンドルを握る夜見が車内を見回して呟いた。

「三人か……」

「三人ですね」

山下が頷く。

「三人がどうかしたんですか？」

後部座席から、明里が顔を突き出した。

「定番だ。心霊スポットに車でいく時は、三人と相場が決まっている」

信号が青に変わって、アクセルを踏み込みながら、夜見は答えた。

取材が終わったあと、夜見はそのまま車で喫茶店まで来ていたので、店を出た三人は、近くのコインパーキングに停めてあった夜見の車に乗って、旧道へと向かっていた。

「そうなんですか？」

明里は夜見ではなく、助手席の山下に聞いた。

「そうですね」

山下は後部座席を振り返って説明してくれた。

四人乗れる車に、あえて三人で心霊スポットにいくことで、空いている席に幽霊が乗ってくることがあるらしい。

話を聞いて、明里は顔をしかめた。

もし幽霊が乗ってくるとすれば自分の隣だ。

「でも、四人で向かう話も多いですよね」

山下の言葉に、夜見は頷いた。

「『友達だよな』の怪談は、四人が多いな」

「『友達だよな』？」

明里が首を傾げる。

「たぶん、西野さんも聞いたことあると思うけど……」

山下が教えてくれたのは、こんな話だった。


四人の男性が、車に乗って肝試しに出かけた。

幽霊が出るという噂の心霊スポットを巡るが、何も起こらない。

暗い山道に停めた車の中で、飽きてきた一人が、

「もう帰ろうぜ」

と言うと、

「なあ……おれたち、友達だよな」

運転席でハンドルを握っていた男が、泣きそうな声で言った。

「急になに言ってるんだよ。当たり前だろ」

一人が笑いながら答えると、

「だったら、おれの足元を見てくれないか」

運転席の男が言った。

残りの三人が、その言葉通り、足元をのぞき込むと、車の床から白い手がのびて、男の足をしっかりと摑んでいた。

「うわあーっ！」

それを見た三人は、悲鳴をあげて車から飛び出した。

そのまま逃げて、しばらく経ってから、おそるおそる戻ってみると、運転席の男の姿はどこにもなかった……。


明里も聞いたことのある、有名な怪談だ。

「そういえば、わたし、ちょっと疑問に思ってることがあるんですけど」

怪談師が二人もいるこの機会に、明里は以前から気になっていたことを聞いてみることにした。

「幽霊の外見って、どういう基準で決まるんですか？」

「どういうことですか？」

山下が振り返る。

「例えば、今回みたいに焼け死んだあとで水に浸かった幽霊が、水浸しの姿で出てくるのって、おかしくないですか？　だって、川に浸かった時には、すでに死んでいたわけでしょ？」

「それは、幽霊は死んだ瞬間の姿で出るはずではないかっていうことですか？」

「はい」

この世への未練から、死んだ時の意識が残って幽霊になるのなら、その姿も死んだ瞬間のままではないかと思ったのだ。

実際、篠崎茜《しのざきあかね》も、塾の男性も、ベランダから落ちた子どもみんなもそうだった。

交通事故の幽霊なんかも、たいてい事故に遭った時の姿のままで出てくる気がする。しかし、

「死んでしばらくしたあとの姿で現れることは、珍しくないぞ」

夜見がバックミラーをチラッと見て言った。

「水の事故で死んだ霊が、死後数日経って腐敗した状態で出てきたり、火事で煙に巻き込まれて窒息死したあとに焼かれた霊が、黒焦げの状態で出てきたり……だいたい、そんなこと言い出したら、白装束姿の幽霊はどう説明するんだ」

「あ、そうか」

明里はハッとした。死んだあとに着替えさせられて、その格好で出てくる幽霊もいるのだ。

考えてみれば、死んだ瞬間の格好で死んだ場所にしか現れないのなら、病院が入院着を着た幽霊でいっぱいになるはずだ。

「反対に、事故に遭う前のきれいな姿の時もあるし……その法則性は、おれにもよく分からない。出てくる連中の趣味なんじゃないか」

「はあ……」

怪談師というのは、ただ怪談を語るだけかと思っていたけど、どうやら怪奇現象についても、ちゃんとした意見を持っているようだ。

明里が感心している間に、車はトンネルの手前までやって来た。

「停めるぞ」

夜見はトンネルの手前で停めて、車をおりた。

まだ夕方といっていい時間帯だったが、この時間でもほかの車はまったく通らない。

夜見はしばらくトンネルに向かって目を凝らしていたが、やがて明里を手招きして呼んだ。

「何か感じるか?」

「いえ、なにも……」

明里は首を振った。

「そういえば、山下さんは見えないんですか?」

「ぼくは、霊感はまったくないんです」

山下は苦笑した。心霊スポットをいくらめぐっても、霊感は強くならないらしい。

「それじゃあ、わたしはどうして……」

「お前はもともと、素質があったんだろ」

夜見が軽い口調で言った。

「そんな素質、いりません」

とにかく、ここには何もないようなので、再び車に乗り込んでトンネルを通過すると、今度は昨夜、花束を踏んでしまった場所に到着した。

黄色い花びらが、路上に転々と散らばっているが、幽霊の気配はない。

その時、夜見がスマホを取り出して、耳にあてた。

「──ああ、いま現地に来ている。それで、どうだった？」

夜見はしばらく、相手の話に耳を傾けていたが、やがてかすかに笑うと、

「やっぱりな」

と呟いて、通話を終えた。

そして、明里たちの方に向き直ると、宣言するように言った。

「結論から言うと、ここには黒焦げの幽霊は存在しない」

「それは、アパートの方に移動したから……」

反論する明里に、夜見は顔の前で指を振って見せた。

「いや……そもそも、この場所では、カップルが死亡するような事故は起きていないんだ」

いまの電話は、上村《かみむら》刑事からのもので、過去三十年間にわたって調べてもらったところ、旧道で起きた死亡事故は、五年前に若い男性が犠牲になった一件だけらしい。

「それもバイクの単独事故で、場所はたしかにこのあたりだが、崖から落ちたわけでも、炎上したわけでもないようだ」

そういえば、〈猿の手〉を出た直後、夜見は誰かと電話で話をしていた。仕事の打ち合わせと思っていたのだが、あの時、上村に調査を頼んでいたのだろう。

「それじゃあ、あの記事は……」

「それについては、おれの方で心当たりがあるんだが……」

山下の言葉に、夜見はスマホを操作して、明里たちに画面を向けた。

「あ、これ！」

明里は思わず声をあげた。

そこには、山下が持っていた記事と、そっくり同じ体験談が載っていたのだ。

「数年前に、関西で流行《はや》った怪談だ。黒焦げになった後、さらに川に流されるという展開が特徴的で覚えていたんだ。おおかた、学生の中に関西出身の奴がいたんだろう」

固有名詞を地元のものにして語り変える――怪談の常套手段だ。

「じゃあ、わたしの部屋のドアを叩いたのは……」

「幽霊とは限らないだろ」

明里の呟きに、夜見はあっさりと答えた。

「酔っ払いが部屋を間違えたんじゃないのか？」

「でも、あの焦げたような臭いは……」

「近所で魚でも焼いてたんだろ。いや、焼肉かもしれないな」

「それじゃあ、遠藤さんの金縛りと、肩のあざはどうなるんですか？」

「金縛りは金縛りにすぎない。霊現象とは関係なく、金縛りが起こり得るのは、ひろく知られていることだ。肩のあざだって、ありえない話じゃない。プラセボ効果って知ってるか？」

「プラ……なんですか？」

「偽薬――偽の薬のことだ。体調が悪い人間に、小麦粉を薬と偽って飲ませたら、元気になることがある。それくらい、人間の精神力が体に与える影響というのは強いんだ」

「でも、遠藤さんは体調が悪くなったわけじゃ……」

「ただの鉛筆を、焼けた鉄の棒だと思い込ませて腕に当てたら、水ぶくれができたという報告もあるほどだ。事故死した霊に肩を摑まれたと思い込むことで、あざができる可能性も否定できない」

　明里は黙った。

　少なくとも、ここで該当する事故が起こっていない以上、夜見の話にも一理ある。

　とりあえず、現地調査を終えた三人は車に戻った。

　そのまま夜見の運転で、明里の住むアパートに向かう。

到着した時には、秋の早い夕暮れが、空全体を赤く染めていた。

どうやら幽霊はいないらしいということは、帰りの車内で一葉にも伝えたが、今日はもう約束してしまったので、友だちの家に泊まるそうだ。

「あの……もし何かあったら、いつでも連絡してください」

アパートの前で、山下にまっすぐな目を向けられた明里は、少し顔が熱くなるのを感じながら頭をさげた。

「ありがとうございます」

そんなやりとりをしている横で、夜見はかすかに眉を寄せて、アパートの建物を見上げていた。

「どうしたんですか？　やっぱり幽霊がいるとか……」

気になって明里が聞くと、

「いや……」

夜見は珍しく言葉を濁した。

「はっきりとは分からないが……まあ、用心だけはしておくんだな」

二人が車で去っていくと、明里は郵便受けをのぞいてから部屋に戻った。

今日はせっかくの休日だというのに、朝から動き回って、すっかり疲れてしまった。買い物にいく気力もないので、冷蔵庫の中にあるもので、適当に晩御飯をつくることにする。

食事を終えたころには、外はすっかり暗くなっていた。

洗い物をすませて、テレビの前に座った明里は、リモコンを探そうとして、さっき郵便受けからとってきた封筒に目をとめた。

ダイレクトメールやピザ屋のチラシの中に、一通の白い封筒が紛れている。

裏を向けると、差出人は篠崎茜の母親だった。

意外な人物からの手紙に、なんだろうと思いながら封を開けると、中には先日のお礼を述べた手紙と、数枚の写真が入っていた。娘が暮らしていた記念にと、二階の部屋から外の景色を撮影したものだ。

「え？」

そのうちの一枚に写り込んでいる人物を見て、明里は目を疑った。

「どういうこと？」

それはアパートの裏手を写した写真で、細い住宅道路を挟んで、ここと似たようなアパートや一軒家が並んでいる。

その道に立って、明里の部屋をじっと見つめているのは、元夫の和馬だった。

和馬には、このアパートの住所はもちろん教えていないし、和馬の実家や職場の場所から考えて、偶然通りかかるとも思えない。

「なんで……どうしてあいつがここにいるのよ！」

明里は、幽霊を見た時とは別の意味でゾッとして、写真を遠くに放り投げた。

黒焦げの幽霊が出てもなお、明里が実家に帰ろうとしなかった理由——それが、和馬だった。

浮気相手と再婚した和馬は、最近になって再び離婚したらしく、明里とよりを戻したがっていると、共通の友人から噂で聞いていた。

もちろん、明里にそのつもりはないが、問題は、実家を知られているということだった。

母から、和馬らしき人物が実家の近くをうろうろしていると聞いていたのだ。

実家に帰ったところを突撃されたり、アパートに戻る時にあとをつけられたりしたら嫌なので、その話を聞いてからは、なるべく実家に近づかないようにしていたのだが……。

昨日ドアを叩いた犯人が分かったかもしれないと、明里が夜見に連絡しようとした時、
ガシャン！

けたたましい音とともに、部屋の奥にある窓ガラスが割れて、拳ぐらいの大きさの石が

飛び込んできた。

「きゃあっ！」

明里が悲鳴を上げて身をすくめると、割れたガラスの隙間から腕がのびてきて、窓の鍵を外した。

ガラガラガラと勢いよく開いた窓から、黒いジャージ姿の男が飛び込んでくる。

和馬だ。

無精ひげを生やして、すっかり様変わりした元夫は、部屋の隅で震えている明里の姿を見つけると、ニヤリと笑ってその腕を掴んだ。

「やっと見つけたぞ」

酒臭い息に、明里は腕を引っぱられながら身をよじった。

「離してよ」

「火だ……火を点けるんだ」

和馬はぶつぶつと呟きながら、血走った眼でライターに火を点けると、テーブルの上のファッション雑誌に近づけた。

「ちょっと、何するのよ！」

明里はライターを奪いとろうとしたが、

「邪魔するな！」

激しく突き飛ばされて、壁に後頭部を強く打ち付けた。

雑誌に火を点けた和馬は、燃え上がる炎を見つめながら、だらんとした笑みを浮かべていた。

頭がグラグラして目が回る。

それでも明里が足に力を入れて、なんとか起き上がろうとしていると、

「西野さん！」

開いたままになっていた窓から上村が現れて、和馬に飛びかかった。

和馬がなすすべもなく、床に押さえつけられる。

我に返った明里は、パッと立ち上がって雑誌の火が点いていない部分を摑むと、とっさに玄関へと走った。

たしか、階段の脇に水撒《みずま》きに使う蛇口があったはずだと思いながら、素早く鍵を開けて外に飛び出した瞬間、
バシャンッ！

大量の水を頭から浴びて、明里はその場にかたまった。

前髪からポタポタと水を滴らせながら、顔を上げた明里の目の前には、

「危なかったな」

空のバケツを手に、さわやかに笑う夜見が立っていた。


パトカーが到着して、和馬がつれていかれると、

「大丈夫でしたか？」

上村が明里に声をかけた。

「ええ、なんとか……」

トレーナーに着替えた明里は、そう答えるなり、大きなくしゃみをした。

「大丈夫かい？　秋の夜は冷えるからな」

平然とそんな台詞を口にする夜見を、明里はじろりと睨《にら》んだ。

「夜見から連絡をもらって、警戒していたんです」

上村がとりなすように言った。

どうやら、夜見は明里の話を聞いた時から、生きている人間による危険が迫っている可能性を考えていたようだ。

例によって一方的に連絡を受けた上村が、アパートの前で車をおりると、裏手からガラスの割れる音が聞こえたので、慌てて駆けつけたというわけだった。

「おかげで助かりました。ありがとうございました」

明里は夜見を無視して、上村に深々と頭をさげた。

「おいおい。上村に連絡したのも火を消したのも、おれなんだけどな」

肩をすくめる夜見に、明里は非難の目を向けると、

「危険が迫ってるなら、わたしに連絡すればいいじゃないですか。しかも、バケツの水まで用意してるってことは、何が起こるか予想していたってことですよね。だったら、火を点ける前にとめることもできたんじゃないですか？」

不満に思っていたことを、一気にぶつけた。

「確信がなかったからな」

夜見はしれっと答えた。

「それに、バケツの水を用意したのは、部屋の前についてからだ。『火を点けるんだ』っていう男の声が聞こえたから、ああこれは水がいるなって……」

「だからって、頭からかけることは――」

「だいたい、雑誌が燃えてる程度なら、キッチンに放り込めばよかったんじゃないか？」

「あっ……」

明里が絶句していると、

「西野さん」

誰かが明里の名前を呼びながら駆け寄ってきた。

明里は一瞬、山下の顔を思い浮かべたが、そこに現れたのは意外な人物だった。

「瀬川《せがわ》さん……」

「警察から、放火があったという連絡を受けて……大変でしたね」

「ええ、まあ……」

このアパートに引っ越してから、殺人事件が判明したり、放火されそうになったりと、ろくなことがない。ある意味、究極の事故物件だ。

とはいえ、今回の事件は個人的な事情によるもので、アパートはむしろ巻き込まれた側だった。

「すみません。わたしのせいで、アパートが火事になるところでした」

「いえいえ、西野さんは被害者なんですから、気にしないでください。それに、このアパートに住んでるのは、うちの関係者ばかりですから」

「え？　どういうことですか？」

瀬川によると、元々このアパートは管理をまかされているわけではなく、会社の持ち物なのだそうだ。

住んでいるのも、ほとんどが不動産会社の社員やその家族で、関係のない住人は明里と一葉くらいらしい。

それだけ部屋が埋まらないというのは、やはりこの土地には何かあるのではないだろうか——。

アパートへの不信感を強めながら、明里は部屋のことで瀬川にある頼み事をすると、警察署に場所を移して、さらに詳しく事情を聞かれた。

署内の応接セットで上村と向かい合った明里は、和馬と結婚していた当時のことから説明を始めたが、時間がかかる上に、黒歴史を丁寧に解説するという精神的ダメージに、すっかり消耗してしまい、

「今日はこのぐらいにしておきましょう。お疲れさまでした」

みかねた上村が途中で切り上げた時には、ソファーからしばらく立ち上がれないくらいに疲れ果てていた。

「そういえば、ご家族にはもう連絡されましたか？」

「あ……」

上村に言われるまで、すっかり忘れていた。

警察の方でも、ストーカーの件について事情を聞きたいのだが、夜遅くにいきなり警察から連絡をするとおどろかれるので、先に明里から連絡をしておいてほしい、とのことだった。

しかし、いまから電話をかけて、いちから説明する気力はない。

明里がそう言うと、上村は「分かりました。明日にしましょう」と苦笑して、アパートまで送ってくれた。

部屋に入って電気を点《つ》けると、窓ガラスは元通りに直っていた。

瀬川にお願いして、空き部屋になっていた隣の部屋の窓ガラスと、取り換えてもらったのだ。

現場保存の問題もあるので、一応上村には話を通してある。

シャワーを浴びて着替えると、明里はベッドに倒れ込んだ。

今日は本当に大変な一日だったが、これですべて解決だ。

旧道には該当するような事故はなかったし、昨夜ドアを蹴ったのも、自分がやったことだと和馬が白状したらしい。

一葉がおそわれたという黒焦げの霊は、きっと気のせいだったのだろう。

ようやく安心して眠りについた明里は、

「ん……んん……」

真夜中の二時を少し過ぎた頃、突然呻《うめ》きながら目を覚ました。

なんだか、ひどく息苦しい。

(なに、これ……)

まぶたを開けると、目の前は真っ暗な闇に閉ざされていた。

明里はその暗闇をじっと見つめて、次の瞬間、声にならない悲鳴をあげた。

それは闇ではなく、真っ黒に焦げた人影だったのだ。

しかも、どうやら水浸しになっているらしく、体中からぼたぼたと水を落としている。

明里は体を起こして逃げようとしたが、黒い人影は明里の肩をしっかりと摑んで、ベッドに押しつけていた。

(なんで? 崖から落ちて川に流された黒焦げの幽霊は、存在しないんじゃなかったの?)

頭の中に疑問が渦巻いている明里に、人影はぐーっと顔を近づけてきた。焼けた炭に水をかけたような、なんとも言えない臭いが鼻をつく。

明里は反射的に、ギュッと目を閉じると、そのまま眠りとも気絶ともつかない意識の闇に落ちていった――。


ピピピピ、ピピピピピ、ピピピピ……

いつもと同じアラームの音に、明里は目を覚ました。

起き上がってから、慌てて部屋を見まわすが、あの黒い人影の痕跡は残っていない。

夢だったのだろうか……

はーっ、と息を吐き出すと、のろのろとベッドをおりて、洗面所に向かう。

冷たい水で顔を洗った明里は、肩に鈍い痛みを感じて、背筋がすーっと冷たくなった。

部屋着を脱いで、鏡に近づく。

明里の両肩には、人の手の形をしたあざが、はっきりと残っていた。


「――はい。すみません。よろしくお願いします」

明里は頭をさげながら電話を切った。

今日は出勤日だが、職場に連絡して、休ませてもらうことにしたのだ。

夜見からプラセボ効果の話は聞いていたが、実際に自分の体に現れてみると、とても思い込みだとは思えなかった。

夜見にどう報告しようかと考えていると、玄関のチャイムが鳴った。

警察かなと思いながらドアスコープをのぞいた明里は、意外な人物の姿に、驚きながらもすぐにドアを開けた。

「おはよう、明里。大変だったね」

美佳《みか》の優しい笑顔と言葉に、

「そうなの。聞いてよ～」

一気に緊張が解けた明里は、手を引くようにして、部屋の中に招き入れた。

普段着に着替えると、お茶を淹れて、肝試しからはじまった一連の出来事を一気に語り出す。

「ほんとうに大変だったんだね」

話を最後まで聞き終えると、美佳は呆《あき》れたような感心したような顔で、感想を漏らした。

「まあね」

明里は苦笑いをして頷いた。喋り疲れはしたが、気兼ねなく話せたことで、少しすっきりしていた。

「それにしても、どうしてその元旦那は、明里の居場所が分かったのかしら」

「それなんだけど……」

和馬はどうやら茜の事件のニュースを見ていて、明里に気付いたらしい。

たしかに顔や名前は出ていなかったが、インタビューには答えていたし、首から下は映っていた。

報道では町名までしか出なかったのだが、事件の直後から何度も町に通い、ニュースに一瞬だけ映ったこのアパートを見つけ出したのだ。

「でも、どうして火を点けようとしたんだろう」

「それが、よく分からないのよ」

明里は頰に手を当てて、ため息をついた。

一昨日の夜、アパートを見張っていた和馬は、肝試しから帰ってきた明里を見て、男性と一緒だったことにカッとなったらしい。

しかし、よりを戻したければ、まず話し合おうとするはずだ。

それに、昨夜の和馬の様子は普通ではなかった。

まるで、火を点けることだけが目的のような……。

「やっぱり、このアパートって何かあるんじゃない？」

美佳が怖いことを言ってにっこり笑う。

「何かって、何よ」

明里は嫌そうに顔をしかめた。

「だからさ……」

美佳がさらに口を開こうとした時、明里のスマホが鳴った。

明里が電話に出ると、母親の悲鳴のような声が、耳に飛び込んできた。

「あなた、あの馬鹿男に殺されそうになったんですって？」

どうやら警察から連絡がいったようだ。

そういえば、朝一で実家に電話するように言われていたのをすっかり忘れていた。

「なんですぐに連絡してこないのよ」

「昨日はそれどころじゃなかったの。それに、被害もなかったし……」

「そういう問題じゃないでしょ」

母親の興奮は、なかなかおさまりそうにない。

「とりあえず、いまはお客さんが来てるから、あとであらためて連絡するね」

「お客さん？」

「うん。ほら、美佳よ。高校の同級生の。お母さんも知ってるでしょ？」

「美佳さん？　だれ？　お母さんは知らないわよ」

「え？」

そんなはずはない。美佳とは大の仲良しで、家に何度も遊びに来たことがあるはずだ。

「とにかく、一度帰ってきて説明しなさい。いいわね」

分かった、と返事をして通話を終えると、明里は美佳を振り返った。

「どうしたの？」

美佳がニコッと笑う。

その笑顔を見つめながら、明里は自分がとんでもない思い違いをしているような気がしてきた。強いお酒を一気に飲んだ時のように、頭がクラッとする。

よく考えたら高校の時の同級生に、美佳という名前の友だちはいなかった。

中学生や小学生まで記憶を遡っても、覚えがない。

もしかしたら、自分が忘れてしまっただけなのかもしれない。

だけど、それならどうして、美佳の顔や体は真っ黒に焼け焦げているのだろう。

明里の頭は、黒い靄《もや》がかかったようになっていた。

そもそも、明里は昨夜のことを誰にも連絡していないのに、美佳はどうして知っていたのか。

彼女は誰だろう。どうしてわたしは、友達だと思い込んでいたのだろう。

いつの間にか、アパートの部屋は消え去り、明里は町工場の焼け跡の中に佇んでいた。

壁も天井も真っ黒に煤けて、消火作業でかけられた水が、あちこちからぼたぼたと落ちてくる。

明里が戸惑っていると、急に温度が下がって、体中に鳥肌が立った。

「どうして……」

ザラザラとした声に振り返ると、真っ黒に焼け焦げて、水浸しになった人影が、両手を前にのばしながら、明里に近づいてきた。

明里は後ずさろうとしたが、両足が弾かれたように震え出して、思うように動かない。

一歩進むごとに、人影の体から黒い塊が、パラパラと剥がれ落ちてくる。

「どうして火を点けたの……？　どうして……どうして……」

顔がぐぐっと近付いてくる。

目があった場所に空いた大きな穴から、明里が目を離せずにいると、パンッ!


と大きな音がして、目の前に突然夜見が現れた。

どうやら、顔の前で思いきり手を叩いたようだ。

「出るぞ」

手を摑まれて、人影の横をすり抜ける。

気が付くと、明里はアパートの前にいた。

そばには上村刑事の姿もある。

「こいつを頼む」

「あ……」

夜見は上村に明里を委ねると、再びアパートの中へと入っていった。

明里は追いかけようとして、上村に止められた。

「あいつなら大丈夫だから」

そういう上村も、少し不安げな表情で、閉じられたドアをじっと見つめている。

しばらくして、夜見は開いたドアから顔をのぞかせた。

「もういいぞ。入ってこい」

上村と顔を見合わせて、おそるおそる部屋に足を踏み入れる。

さっきまでの冷たい空気は消え、部屋はいつもどおりに戻っていた。

ローテーブルの上では、二つの湯呑みが、まだかすかに湯気をたてていた。


「篠崎茜の事件の時に、もっと詳しく調べておくべきだったな」

ローテーブルの前に腰を下ろして、まだ少し呆然としている明里に対して、夜見は悔しそうに言った。

「どういうことですか？」

明里の問いに、夜見は簡潔に答えた。

「ここでは、人が死んでいる」

「茜さんのことですか？」

「いや、それよりも前——七年前の話だ」

夜見の言葉に、明里は目を見開いた。

夜見が上村の協力を得て調べたところによると、このアパートが建っている場所には過去に工場があったのだが、その工場は火事で全焼して、二名の死者が出ていたというのだ。

火事が起きたのは、いまから七年前。

亡くなったのは吉永《よしなが》という男性の工員と、安藤《あんどう》という女性の事務員の二人で、吉永が安藤に言い寄っていたという証言もあったことから、当初は吉永による無理心中の可能性も視野に捜査されたが、それを裏付ける証拠もなく、結局、吉永が作業中に誤って出火し、奥の事務室で残業していた安藤が巻き添えになった事故として処理された。

「二人も死んでるなら、立派な事故物件じゃないですか」

話を聞いて、明里は憤った。

しかし、工場の跡地をいったんコインパーキングにして、それからアパートを建てたので、事故物件にはあたらないというのが不動産屋の主張らしい。

ただ、地元では火事のことを覚えている人も多いので、なかなか部屋は埋まらず、結果として、不動産屋の関係者と、事情を知らないよそ者しか住まなくなったというわけだった。

「夜見さんは、何がきっかけで、アパートに別の霊がいることに気付いたんですか？」

昨日の時点では、アパートに幽霊はいないと言っていたはずだ。それなのに、どうしてこの土地の過去を調べることにしたのだろう。

「声が聞こえたんだ」

「声？」

「ああ。玄関の前で『火を点けるんだ』っていう男の声が聞こえた」

そういえば、その声を聞いて、バケツに水を用意したと言っていた。

「ところが、後で聞いたら、放火未遂男はその台詞を『呟いていた』そうだな。部屋の中の呟きが、玄関の外にまで聞こえるわけがない。これは生きている人間の声じゃないなと思って、この土地について調べるよう、上村に頼んだんだ」

「でも、いままで全然現れなかったのが、急にどうして……」

一葉はこのアパートに半年以上住んでいるが、いままで霊を見るようなことはなかったと言っていたのだ。

「おそらく、崖の事故からイメージした〈黒焦げで水浸しの幽霊〉という霊の姿を、お前たちが強く思い浮かべたことで、同じ姿をした吉永の霊を呼び込んだのだろう」

そこに、明里に対して歪んだ思いをもった和馬が現れたことで、吉永の霊に強い影響を受けて、アパートに火を点けようとしたのだ。

一晩経って、和馬自身も、どうして放火なんてしてしようとしたのか分からないと供述しているらしい。

二人の話を聞いているうちに、明里はあることに気がついた。

「あの……七年前の火事は、事故だったんですよね？　それなのに……」

「吉永の霊がとりついた鈴木和馬は、どうして自分から火を点けようとしていたのか――ということですよね？」

上村の言葉に、明里は頷いた。

「過失じゃなければ、放火ということになる」

夜見が腕を組んで言った。

「炎に巻かれた工場で、事務員は吉永が驚いたようにこう言っていたのを聞いたそうだ。

『どうして……こんなはずじゃ……』」

「事務員って……」

「あの美佳という女だ。フルネームは安藤美佳。七年前に工場の火災で亡くなった事務員だよ」

美佳——明里が同級生だと思い込んでいた女性。

しかし、思い返してみれば、二人連れで店にいっても、なぜかいつもカウンター席に通されたし、怪談会もチケットを自分で買ったわけではない。

美佳と楽しく過ごした時間は、すべて明里の頭の中だけの妄想だったのだろうか。

「人間の認知能力なんて、しょせんは自分の脳という檻《おり》の中から逃れることはできない」

夜見は放心状態の明里に向かって語り掛けた。

「考えてもみろ。怪談に関してど素人のお前が、会社の怪談を知っているわけがないだろう。美佳という女は、肉体がないだけで、お前のそばにいたんだよ」

口調は荒っぽいが、思いがけず優しい言葉に、明里が少し感動していると、

「まあ、おれは元々、あの女の存在には疑問を持っていたがな」

　夜見は自慢するように胸を張った。

「え？　そうなんですか？」

「ああ。おれのことをネットの口コミで見つけたと言っていたらしいが、おれがネットで話題になったのは、七、八年前の話だ」

　結果として面倒な依頼が殺到したので、口コミサイトに削除依頼を出して、ここ数年は「霊絡みのトラブルを解決する」という情報は、ほとんど出回っていないはずだということだった。

　おそらく彼女は、亡くなる前に知っていた情報を元にして、明里に夜見を紹介したのだろう。

　夜見が美佳から直接聞いた話によると、発火当時、美佳は残業中に気分が悪くなって、ロッカールームのベンチで横になっていたらしい。

　煙と臭いに気が付くと、工場は炎に包まれていた。

　慌てて逃げようとしたが、その時にはすでに煙を吸い込んでいて、意識を失ってしまったのだそうだ。

「だから、吉永は彼女が工場内に残っていたことを知らなかったと思われる。そして、彼女は吉永の、こんな台詞を耳にしていた」

自分の上着に燃え移った炎を消そうとしながら、吉永は何度もこう叫んでいたらしい。

「どうして……こんなはずじゃ……」

「こんなはずじゃ――つまり、吉永は何かをしようとしていたが、結果は予想外のものだった、ということだ」

吉永は何をしようとしていたのか、どうして予想外のことが起こったのか――美佳はその真相が未練となって、この土地に縛り付けられていたのだ。

「ちなみに、おれの知る限り、幽霊同士はお互いを認知できないから、美佳が吉永の霊に直接聞くことはできない」

美佳は生前の知識で、夜見なら真相を暴いてくれるのではないかと思ったが、どうやって連絡を取ればいいのか分かない。

それに、ネットの評判から、いきなり夜見の前に現れて頼んでも、断られそうだと考えて、同年代で波長が合う人間がアパートに来るのを何年間も待ち続けていたのだ。

「それじゃあ、美佳は、ずっと自分の死の真相が知りたくて……」

明里の脳裏に、美佳と過ごした日々が思い浮かぶ。

「まあ、作戦としては悪くないな」

夜見は諦めたように肩をすくめた。

「たしかに突然本人が現れても、依頼を受けることはしなかっただろう。それよりも、おせっかいでお人好しな奴を使って頼んでくる方が、断りにくくて面倒だ」

「おせっかいでお人好しって、誰のことですか？」

「違うのか？」

「違いません」

明里はぐぐっと膝をすすめた。

「言っておくが、高い貸しになるぞ」

「構いません」

友だちの最後の願いなのだ。

明里は真剣な目で夜見を見つめながら言った。

「吉永さんの霊に、七年前の火事の真相を聞いてください」

その日の夜。

七年前に火事が起こったのと、丁度同じ時刻になるのを待って、夜見は部屋の真ん中で蝋燭《ろうそく》に火を点けた。

まっ暗だった明里の部屋が、ぼんやりと明るくなる。

「これで本当に、吉永さんの幽霊は現れるんですか？」

囁《ささや》き声でたずねる明里に、夜見はいつも通りの口調で答えた。

「さあな。何度も言うけど、おれは人よりも少し目と耳が良いだけで、特別な技や技術があるわけじゃない。これで現れなかったら、あの住居侵入放火未遂男をつれてきて、もう一回とりつかせるか？」

「絶対嫌です」

明里が断言した時、不意に闇が濃くなったような気がした。

どこからか、焦げたような臭いが漂ってくる。

「夜見さん……」

明里の震える声に、夜見は無言で頷いた。

窓ガラスのあたりに、闇よりも深い黒をした人影が浮かび上がる。

「吉永さんですか？」

夜見が呼びかけると、その人影――吉永の霊は、わずかに頷いたように見えた。

「あなたは、工場に火を点けたんですか？」

夜見が聞くと、吉永はぶるぶると震えて、それから泣くような声が聞こえてきた。

「そんなはずはないんだ……。俺はこの工場に十年以上勤めてきたから、よく分かってる。

あそこに火を点けても、せいぜい機械がいくつか駄目になるくらいで、あんなに大きな爆発が起きるはずは……」

どうやら吉永は、工場を全焼させるつもりではなく、機械の操作ミスを装って、ちょっとした小火《ぼや》を起こす予定だったようだ。

「でも、どうしてそんなことを……？」

明里が横から口をはさんだ。

自分の部屋だからか、それとも霊感が強くなってきているのか、夜見と同じように吉永の姿を見て、声を聞くことができる。

「それは……頼まれたんだ」

吉永は呻くように言った。

「頼まれた？　誰にですか？」

夜見が畳みかける。

「あなたはもう死んでるんです。誰かに義理を感じる必要はないんですよ」

「頼んだのは……社長だ」

吉永は掠れた声で答えた。

「社長が俺に、火事を起こすよう……そうしないと、会社が潰れるからって……」

夜見と明里は顔を見合わせた。

上村が調べたとおりだ。

七年前の火事で、工場には多額の保険金が入り、傾きかけていた経営が持ち直したのだ。

「知ってるか？」

夜見は吉永に向き直ると、いくつかの化学物質の名前をあげた。

「それが、火元になった機械のすぐ近くにあったんだ」

「そんな……」

吉永が驚く様子が感じられた。

それらはかなり危険な可燃性の物質で、吉永は工場にそれらがあることを知らなかったのだ。

「そんなもの、うちの工場では必要ない。もしあったら、小火どころか、工場全体が爆発するぞ……」

「記録を調べると、火事の前日に納品されていた。お前は利用されたんだよ」

夜見の言葉に、吉永の気配が変わる。

「社長は……おれをだましたのか……」

膨れ上がる憎悪に、明里は肌がビリビリと痺《しび》れ、体中の毛が逆立つのを感じた。

「復讐《ふくしゅう》したいか？」

夜見は吉永に言った。

「その社長はいま……」


「お待たせしました」

仕事終わりに〈猿の手〉にやってきた明里は、奥の席をのぞいてドキッとした。

「遅い」

トマトジュースを前にして文句を言う夜見の隣に、山下が座っていたのだ。

「どうも」

山下は首をすくめるようにして頭をさげた。

何度見ても、あのハイテンションな怪談王子と同一人物とは思えない。

とりあえず二人の向かいに腰を下ろして注文を済ませると、明里はさっそくテーブルの上に身を乗り出した。

「ニュース、見ましたか?」

「ああ」

夜見は短く答えて頷いた。

今朝未明、あのアパートを紹介してくれた不動産屋のオーナーの家が火事になって、自宅は全焼、オーナーは意識はあるものの大火傷を負った。

実は、不動産屋のオーナーが、七年前に火事になった工場の社長で、保険金詐欺の黒幕だったのだ。

火事で得た多額の保険金をきっかけに、事業を拡大したらしい。

詐欺に関しては、上村をとおして警察の方でもう一度調べてもらっていた。

吉永が美佳に思いを寄せていたのは事実だったらしいので、茜を殺した男も、霊の影響を受けていたのかもしれない。そう考えると、ずいぶんと多くの人間が、火事をきっかけにして命を失ったり、犯罪者になったことになる。

「それで、アパートの方はどうなんだ?」

夜見の言葉に、明里は首を振った。

今朝、目が覚めた時に呼び掛けてみたけど、美佳と吉永の気配は、どこにも残っていなかった。

おそらく、保険金詐欺を暴いたことと、(どうやったのかは分からないけど)社長の自宅に火を点けたことで、気がすんだのだろう。

「あの……」

山下がおずおずと口を開いた。

「すみません。何もお役にたてなくて……」

「いえ、そんな……嬉《うれ》しかったです」

頬に手を当てる明里と、頭に手をやる山下のやりとりを、興味なさそうに見ていた夜見だったが、ふと思い出したように口を開いた。

「ああ、そうだ。あの事務員の女から、伝言を頼まれてたんだ」

「美佳から？」

「『騙《だま》してごめんなさい。短い間だけど、楽しかったです』だとさ」

明里は膝の上で、ギュッと手を握りしめた。

突然の一人暮らしで不安だった明里にとっても、美佳の存在はとても有難いものだった。

例え相手が幽霊だったとしても。

「西野さん、アパートはどうするんですか？」

山下が心配そうに聞いてきた。

たしかにオーナーは遠からず逮捕されるだろうし、幽霊は出るわ殺人は起こるわで、これ以上ないくらいの事故物件だけど……。

「そのまま住むことにしました」

明里は笑ってそう言った。

とりつかれていたとはいえ、住居侵入に放火未遂となれば実刑は免れないだろうから、和馬が突撃してくる心配はないし、せっかく一葉とも仲良くなれた。

それに、今回のことで、さらなる値下げも期待できる。

「それから、夜見さんのお手伝いも続けさせてください」

怪談には、人間のいろんな思いが残っている。

その思いを、もっと見てみたくなったのだ。

「当たり前だ」

夜見は表情ひとつ変えずに言った。

「まだまだノルマは残ってるんだからな。怪談を集めるだけじゃ減りそうにないから、取材の荷物持ちでもやってもらおうか」

「こんな細い腕に、何をさせる気なんですか」

「何でもするって言ったじゃないか」

「言ってません。手伝ってあげてもいいですよって言ったんです」

「勝手に台詞を改変……」

「あの……」

二人のやり取りの間に、山下が小さく手をあげて割って入った。

「ぼくも夜見さんの取材のお手伝いにいっていいですか？」

「ああ、かまわないぞ。荷物を持ってくれるなら」

「ほんとですか？」

山下は目を輝かせた。

どうやらこの怪談王子は、怪談師としての夜見に憧れを抱いているらしい。

たしかに怪談の語りは上手いし、声も悪くないけど、それ以外のところが……。

「何か言ったか？」

夜見がじろっと明里を見た。

「いえ、なんにも」

まさか、霊の声だけじゃなく、心の声まで聴けたりしないよね、と思いながら、夜見の顔をじっと見ていると、

「さあ、どうかな」

夜見はそう言って、ニヤリと笑った。


（了）

作品に関するご意見、ご感想等は
東京都千代田区神田三崎町 2-18-11
fHM文庫編集部まで

本作品は書き下ろしです。

怪《かい》を語《かた》れば怪《かい》来《き》たる
――怪談《かいだん》師《し》夜見《よみ》の怪談《かいだん》蒐《しゅう》集《しゅう》録《ろく》

2021年10月20日　初版発行

著者 ……………………… 緑《みどり》川《かわ》聖司《せいじ》

発行所 …………………… 二見書房
東京都千代田区神田三崎町 2-18-11
電話　03-3515-2311（営業）
　　　03-3515-2313（編集）
振替　00170-4-2639
印刷 ……………………… 株式会社堀内印刷所
製本 ……………………… 株式会社村上製本所

乱丁・落丁本はお取り替えいたします。
定価はカバーに表示してあります。

ISBN978-4-576-21147-3

https://www.futami.co.jp

二見ホラー×ミステリ文庫

ゴーストリイ・サークル――呪われた先輩と半端な僕
栗原ちひろ［著］ LOW RISE［画］

視えるけど祓えない半端霊能者の浅井行。今日も怪異の電話と怪奇な訪問に悩んでいた。ある晩、幽霊を祓うのではなく共存する「怪異のやり過ごし」を提案され？

ヒルコノメ
竹林七草［著］ げみ［画］

祖母の葬式のため、やってきた奈良郊外。そこで見かけたのは歪な人影だった。その後、身のまわりの人々が首に細く赤い痣を浮かべ、次々に凄惨な死を遂げていく。

宵坂つくもの怪談帖
川奈まり子［著］ 鈴木次郎［画］

怪談実話作家の宵坂白が八王子の山中で拾った叶井晴翔。記憶をなくし、霊と対話できる彼は、白にふりまわされるようにさまざまな怪異と対峙していく――

ボギー――怪異考察士の憶測
黒史郎［著］ mieze［画］

ホラー作家である私は、頭の中に爆弾を抱えていた。祟りともいえるそれを、怪異サイト『ボギールーム』に投稿。やがて怪異考察士として自身の謎を追う。

ふたりかくれんぼ
最東対地［著］ もの久保［画］

息を止めると現れる少女に誘われ、「島」で目覚めるボク。彼女を救うため奔走するが、異形の者に惨殺され元の世界に戻される。彼女を救うことはできるのか。

アンハッピーフライデー――闇に蠢く恋物語
山口綾子［著］

恋に悩む友人四人で参加している月一回のコンパ。今日の会場は「真実の愛」という意味の名のバーだった。美しすぎる怪談師、脚本家・山口綾子のホラー作品。